© Studio Dispari

Francesco Guccini

Tre cene

(l'ultima invero è un pranzo)

GIUNTI

Tre cene
di Francesco Guccini
«Scrittori Giunti»

www.giunti.it

Via Bolognese 165 – 50139 Firenze – Italia
Via G.B. Pirelli 30 – 20124 Milano – Italia

Prima edizione: ottobre 2021

Alle amiche e agli amici di tante cene,
soprattutto a Giampiero

Anche se personaggi e luoghi di questi racconti possono ricordare situazioni realmente accadute, queste però sono state modificate dalla mia fantasia e quindi ogni riferimento alla realtà è puramente casuale. F.G.

Nessuno resiste senza vite prestate,
la nostra vita non ci basta.

Elias Canetti, *La tortura delle mosche*

LA CENA

1

Fu una sera della settimana prima di Natale, verso la fine degli anni Trenta. Il paese, in quel periodo, era ancora pieno di gente, quasi mai aveva visto tanti abitanti come allora. Non proprio per un improvviso balzo demografico, come quello che c'era stato attorno al 1911; anzi, era già iniziato il calo della popolazione, con la desolante punta massima negli anni Cinquanta-Sessanta, interi villaggi abbandonati lasciandosi dietro quasi tutto, come per una guerra o un terremoto, e sarebbe proseguito fino ai giorni nostri, con le case a farsi invadere dalla vegetazione infestante, ragge e altri spini e tutte le piante inutili a mangiare sentieri e campi, e i tetti che non più curati anno dopo anno cominciavano a far filtrare l'acqua piovana e i muri che si imborsavano e i travi del soffitto spaccati dal gelo che crollavano e trascinavano tutto nella rovina, e le siepi di bosso ormai inutili, a perdersi ai margini del bosco. Ma allora era diverso e tutto era abitato e vivo anche se, quando si dice "pieno di gente", parliamo sempre di neanche un migliaio di persone, sparse lungo i fianchi di una vallata che improvvisamente si apriva e diventava, da montagna, collina; non si pestavano i piedi, insomma, e la vegetazione che adesso, incolta e più selvatica, ha preso tanta parte, anche allora iniziava appena lì, fuori paese.

Non aspettatevi nemmeno grandi avvenimenti dalle cose che andrò raccontando, fulminanti colpi di scena come agnizioni improvvise o finali drammatici o misteri iniziali che poi, a poco a poco, logicamente sgretolati dalle deduzioni di un abile investigatore, si dipanano e si mostrano in tutta la loro enigmatica chiarezza. È semplicemente una storia che ho sentito raccontare tante volte. È la storia di una cena, e di alcuni amici; una storia di quelle quasi come le favole che ci raccontavano da piccoli, già sentita tante volte ma che amavamo ci raccontassero ancora e ancora, per il solo piacere di stare lì ad ascoltare un narratore, anche se di quella storia conoscevamo ormai tutti i particolari più minuti, tanto da continuare noi stessi, strattonandola e richiamandola all'ordine, quando quella povera avola, vinta dalla stanchezza e dal fuoco del camino, piegava la testa improvvisamente e si assopiva.

C'era gente, in paese, perché in quel periodo erano tutti lì. Era finita da un pezzo la grande emigrazione in Maremma, o in Corsica e Sardegna o anche sulla Sila, a fare il carbone di macchia, quello che allora serviva per i fornelli delle cucine. Non c'era ancora nelle case il gas, allora ce ne voleva tanta, di quella carbonella, e gli imprenditori, i capi compagnia, si presentavano sui nostri Appennini a cercare mano d'opera. Arrivavano di solito alla fine di novembre, quando il grande lavoro delle castagne, quello più importante, quello che avrebbe dato cibo per tutto l'inverno, quello iniziato in primavera e continuato quasi ininterrottamente fino a poco prima di Natale, era già finito, e quegli uomini avevano davanti soltanto mesi lunghi senza possibilità di guadagnare da nessuna parte. Si presentavano metti alla domenica pomeriggio, quando quegli uomini erano all'osteria indiavolati dietro a un fiasco e a un mazzo di carte piacentine, forse con un mezzo toscano appeso da qualche parte, ma non è colore o folklore, era così. Alla domenica si vestivano di nuovo, con quel nuovo che era poi il vestito buono, quello di velluto a coste marron o verdone dentro al quale si erano sposati, e che sarebbe stato anche il loro sudario, una volta arrivati in fondo ce li avrebbero anche seppelliti, lì dentro. Il cappello da festa infilato in testa alla boia e inclinato da una parte, la camicia di bucato senza colletto allacciata alla gola, si infilavano in una delle due o tre mescite sparse per il paese, locali che non erano solo osteria, c'era un po' di tutto, appalto a volte e generi alimentari e magazzini, e via chiamavano il fiasco di toscano, ma quello grosso, mica Chianti col gallo o il putto ma quello che al terzo bicchiere già ti legava la lingua, e fuori le carte, che quando bussavano fa' conto con un venticinque quarto, cercavano l'asso mancante con delle botte da spaccare il tavolo e bestemmie il cielo. Ma forse, quella mattina stessa, erano stati alla messa delle undici; la bestemmia era solo una parte un po' particolare del linguaggio quotidiano, un'interiezione più colorita, una mera caratteristica del linguaggio.

Era allora che arrivavano gli arruolatori, di solito toscani, vuol dire di parola rotonda e facile, imbonitori nati, d'altra parte non avrebbero fatto quel mestiere. Si mettevano ai tavoli, senza entrare in merito, guardavano un poco la partita, davano ragione ai più forti, senza disdegnare un aiuto di obiettività ai più deboli, ma che non costasse in prestigio totale più di quel tanto. Poi, quando il primo fiasco dei contendenti era già partito (che con quelle urlate e la voglia di una settimana ad acqua di pozzo ci voleva poi poco), il secondo lo chiamavano loro, loro stessi un po' eleganti di fustagnone, magari con una catena d'oro d'orologio in più, forse con la barba meglio fatta e il solino della camicia (la cravatta non ce l'aveva nessuno) più curato, più stirato. «Via, qua, padrona, un altro fiasco, per la compagnia, immaginatevi» e rifiutare sarebbe stato scortesia.

E il bicchiere se lo facevano anche loro, scherzi?, e anche due; il terzo no, ci tenevano sopra la mano tesa, e cominciavano a brociolare del tempo infame, della vita dura, della campagna che non rendeva, delle castagne che quell'anno, aaah, poche davvero, ó non lo sapevano loro? Lo sapevano sì, le fatiche e la sofferenza, poi cosa c'era da fare?, da qui alla nuova primavera è lunga, e prima o poi saltava fuori che i furbi andavano alla macchia, no come briganti banditi grassatori, alla macchia a fare il carbone, non fate le stesse cose su di qua, ogni giorno, senza prendere un soldo, non siete tutti boscaioli, anche?, che uno, là, ogni giorno, oro come se piovesse. Oro oro no, non vi si promette niente di troppo esagerato, siamo uomini di mondo e non si vuole prendere in giro nessuno, ma se uno ha voglia di lavorare, e voi siete gente che ce l'ha, quella voglia lì, perché se foste vagabondi non mi sarei neanche fermato, che quelli ormai li conosco a un metro, dall'altra parte della strada li conosco, c'è da tirare su, da passare l'inverno lavorando, guadagnando, con uno in meno a casa a mangiare, se voleste formare una squadra, fra amici si lavora meglio ci si intende e si passa anche più il tempo, avrei qua con me anche tutti i fogli, una firma, e vi si dà anche l'anticipo, che a casa non bastan mai. E loro, quegli uomini, cosa vuoi mai che facessero? Firmavano, magari con la croce, così come avevano fatto i loro padri e i padri dei loro padri, fin dal Settecento, e qualcuno anche, tornando, a volte si era portato un ricordo sentimentale, una moglie e magari un figlio, e ogni tanto, nel dialetto imparato alla brava da qualche donna, si potevano sentire venature di accento sardo o calabrese.

E dire che molti alla macchia a lavorare c'erano già stati, lo sapevano che aria tirava, quanti mesi si doveva stare là, in mezzo ai boschi, a mangiare polenta e formaggio, formaggio e polenta, che si comperava allo spaccio che era, guarda caso, degli organizzatori, che scalavano quei soldi dalle paghe del saldo futuro, che quando andavano a riscuotere era già molto non essere in debito. Ci avevano già provato, a dormire nelle capanne per terra, su letti di frasche, in un angolo il sacco della farina gialla e la piletta delle forme di pecorino. C'erano già stati sì, a tremare di malaria, a fare i turni per il taglio e per badare che il carbone cuocesse e non bruciasse, a insaccarlo e a portarlo un quintale alla volta, tutto. Ma d'altra parte un po' il vino, il bisogno effettivo, un po' che l'ingaggiatore la sapeva raccontare sempre meglio, che diceva l'altra volta vita grama eh? Col Buti siete stati, mi dite? Non per parlar male degli assenti, ma quello lo conosco bene io, ruberebbe i soldi anche alla su' mamma, no no, tutta altra storia, voi galantuomini e galantuomo anch'io, quel che vi prometto accadrà tutto; i patti sembravan meglio, e firmavano l'impegno. D'altra parte cosa vuoi che restassero a fare, miseria su miseria, che se non c'erano quei lavori stagionali lì almeno toglievano da casa una bocca, e quella più vorace. Poi si sa mai. Firmavano, un altro fiasco, e dopo i Morti e i Santi partivano, con che allegria si può immaginare, che le donne rimaste cantavano:

Statevi allegro, amor, se ve ne andate
Non vi pigliate al cor melancolia;
Se lo sapessi, me l'avrei a male
Che andate malcontento per la via.
Andate pure e ritornate presto
Lasciate sospirare a me che resto.

E non meraviglino in bocca a montanari questi versi, ché un po' cantare di poesia sapevano tutti, e molti avevano, nella sacca con quel po' di biancheria, due camicie e due maglie di sotto e due mutande, un Tasso o un Ariosto, se non un Dante, da leggersi e da leggere, quelli che sapevano. Anche confortati dal canto, però, partivano di malavoglia; ma partivano.

Mezzonéccio invece raccontava che aveva dieci anni quando andò alla macchia la prima volta, ma non ce l'avevano mica mandato di forza. Fu lui a piangere e a implorare il padre, per poter partire, che doveva anche finire la quinta, quell'anno. E il padre un po' per contentarlo un po' per la storia che è meglio un asino vivo – tanto la scuola farsene da grande, braccia ci vogliono, e schiena che sappia portare carichi o piegarsi, perché la terra maledetta e benedetta è lontana – andò dalla maestra a chiederle un'esenzione, un permesso speciale, che l'avrebbe finita, la quinta, l'anno dopo. Così partì. Ma il segreto poi stava nel fatto che lui, il bimbo (dovevano andare in Calabria a tagliare), aveva sentito dire che laggiù crescevano le melarance sugli alberi, che c'erano gli alberi che grondavano di quei frutti dorati e sugosi come da noi le sorbole, e uno allungava una mano e poteva cogliere quella meraviglia così colorata e dolce-aspra che qui appariva tanto raramente da rasentare l'utopia, là da togliersene la voglia per una vita. Ma non solo le melarance, c'erano anche i fichi secchi, in quel Bengodi, a ogni angolo, da rimpinzarsi ogni giorno di quelle ghiottonerie a sfondare. E andò, e trovò solo polenta e latte e formaggio, che quella dieta, diceva, gli aveva fatto venire una dissenteria (veramente lui diceva caghétta) da non stare in piedi, ma lavorare doveva, non era là in vacanza, anche se, d'età così giovane, non tagliava né portava, faceva semplicemente il "mèo" che nel gergo dei carbonai identifica quel ragazzo che prepara la polenta, porta l'acqua, tutte le incombenze d'un servitorello, il più umile fra gli umili, ed era pur sempre lavorare, che suo padre, onestamente anche se non tanto in regola con certe dritte pedagogiche che verranno poi, gli diceva: «Vedrai prima o poi t'abitui, ci s'abitua a tutto, perché o t'abitui o muori», e fichi secchi e melarance li trovò nella stessa quantità che c'era qui, fra questi boschi di castagno.

Ma il periodo grosso delle emigrazioni a far carbone di legna era finito da un pezzo, solo un ricordo o materia di racconto, o come si è detto qualche donna locale ormai impaesata, e in Sardegna o in Calabria o dove vuoi non ci andava più nessuno. Ed erano quasi tutti in paese.

Anche quelli dell'America erano tornati. Sempre carbone era, ma quello diverso, di sottoterra, di mina. C'era questo carbone americano da scavare e portare su, allora già se ne consumava tanto, per far andare i vapori stessi che li portavano avanti e indietro, da Genova o Trieste o Napoli o addirittura Le Havre, ma mica solo quelli, i treni che andavano da una parte all'altra di quel continente immenso, e le fabbriche delle prime catene di montaggio, quando cominciavano là a circolare le automobili come abitudine (Ford aveva detto che ogni famiglia doveva averla, quella sua macchina), e il carbone per il gas illuminante prima delle grandi città poi delle centrali termoelettriche, tanto carbone, da far brillare sotto terra nelle gallerie a forza di dinamite e da portar su a braccia col carrello, un dollaro a tonnellata. Giù nel buio della mina, scavare il buco della carica con la barramina e le mazze, aspettare lo scoppio, scavare, caricare i carrelli, poi su, in superficie, a riportare i carichi di antracite, e giù di sotto ancora, giorno dopo giorno, per anni.

L'America forse era più bella della Corsica o della Sardegna; non si dice meno selvaggia, se un revolver prima o poi in tasca lo portavano tutti, e anche un saccagno a scatto o meno; c'era la Mano Nera, dicevano, e qualcuno di loro in dubbio d'esserci dentro. Se partivano gli scioperi, c'era da attaccare i crumiri e difendersi dai loro fiancheggiatori, e potevano durare settimane, quegli scioperi. Poi le etnie non si mescolavano facilmente, in quella babele di lingue, usi e religioni differenti, e qualche rissa pesante scoppiava sempre, un po' come al paese per le feste da ballo, alcol e donne il motore, ma vuoi mettere, in fondo lì in paese conoscersi più o meno tutti, e capirsi! No, facile no, ma in America almeno c'era più mondo da vedere, città di inimmaginabile grandezza, e quei fiumi tanto vasti, non solo se paragonati a quei torrenti o fossi che d'inverno potevano anche ogni tanto essere cattivi e portare via ma d'estate sembrava scomparissero d'agonia e sete fra sasso e sasso, se non c'era una piena d'un temporale improvviso a scaldarli. No, fiumi fiumi, da navigarci sopra in vaporetto, da non vedere, da una parte, l'altra sponda. E parlate strane, non solo l'inglese, e gente di tutte le razze e colori, anche neri e perfino gialli. L'America era l'America, annusare che una civiltà poteva essere diversa da come l'avevano sempre vista, immaginata, anche al di là di quei monti, anche nelle città diverse in cui qualcuno era stato a fare il militare. La birra al posto del vino, bottiglie ancora senza tappo a corona da spaccarne il collo contro i tavoli, per scoprire che ci si può prender la scimmia anche con quella, perdio. E non erano solo gli uomini che partivano, prima forse solo loro in avanscoperta, a sistemarsi un po', a guardare che aria tirava; poi ci andavano le famiglie intere, e capitava anche che dei figli nascessero in viaggio, e dei figli morissero, e altri figli nascessero là, battezzati con nomi americani, in omaggio alla nuova patria e alla speranza di lavorare sempre, mangiare tutti i giorni, risparmiare qualcosa di quei bei soldi d'argento o verdi e fruscianti, dollars, dollars, da ricordarseli poi con rimpianto un'intera vita, quasi custodissero dentro il segreto del benessere perenne.

Ma lascia pure che fosse America, quella, con qualche confronto in più che nella macchia, baracche di legno un po' attrezzate e non capanne, con le donne che ci mettevano anche i fiori davanti e le tendine alle finestre, un rasoio di sicurezza Gillette o una perla finta o vera alla cravatta (indossata per la prima volta) e un vestito nuovo di stile diverso da quelli sempre portati per secoli e sigari diversi dal toscano da fumare, più tondi, più profumati, e una catena che attraversava il panciotto. Anche là era dura, anche a lavarsi dopo il turno di mina e non stare due mesi senza, solo un tuffo in un ruscello, come alla macchia. Però c'era gente, e svaghi, e le prime organizzazioni sindacali, e ogni tanto, se proprio le cose non andavano, gli scioperi. Ma lo scopo finale poi non era tanto quello di fermarsi, ma di fare un po' di soldi e tornare, che anche coi nomi nuovi la patria era pur sempre qui, non tanto l'Italia intesa in senso politico nazionale, ma il paese, la gente, i boschi con quel po' di selvaggina se c'era da adoperare la doppietta e quel fiume là in fondo con un po' di pesci se c'era un giorno adatto per andare a pescare, ma più che sport il piacere di tornare a casa con qualcosa di commestibile, fosse una lepre o un tordo, una filza di lasche o cavédani, un paniere di funghi, una manciata di fragole o mirtilli. Quella era la patria. Tornare quasi un sogno, per comprare un altro po' di castagneto, per allargare la casa, per continuare quelle attività succedanee, come aprire una bettola, che certe donne avevano iniziato là nella nuova casa americana. O comprare due muli, come il babbo d'Emìdio, che quando tornò si mise a fare il cavallante. Là a guadagnare, ma per tornare, un giorno.

E un giorno incredibilmente la Patria, quella politica e nazionale, li chiamò. Quando scoppiò la Prima guerra mondiale, detta anche la Grande Guerra, molti cominciarono a venire indietro, lasciarono le mine per andare in trincea. Prima gli scapoli, quelli che ci mettevano meno tempo, scioglievano il contratto e via, poi anche quelli sposati, e le famiglie che già avevano sentito il soffio del nuovo continente tornarono quassù e ridiventarono italiane.

Non credo che tornassero proprio perché morivano per la voglia di combattere, o per difendere il sacro suolo o cose così. Era piuttosto un innato senso del dovere, che ti hanno inculcato fin da piccolo, e da generazioni, che certe cose quando bisogna farle si devono fare e basta, senza star tanto lì a cincischiare su ragioni o torti; è vita, come da militari si dice, di fronte alle continue cose assurde che ti sembrano capitare, con rassegnazione: «È naia!», un destino che grava su di te e sai che non c'è niente da fare. Fin da bambini sapevano che la vita era fatta così, quella, e tornarono in tempo per farsi ammazzare e avere il nome nel Ricordo in piazza o per riportare a casa la pelle, per avere altre storie da raccontare, altre avventure vissute e poi, alla fine, come sempre, per ritornare là, in mezzo a quei castagni e a quei grotti che ben conoscevano. E anche la storia dell'America era finita, ed erano quasi tutti in paese.

Se ne erano poi aperte delle altre, di strade, alcune contemporaneamente. Gente non specializzata, o con specializzazioni particolari, come quella del carbonaio, sapeva fare un po' di tutto, e molti sapevano anche lavorare, di mazza e punciotto, il sasso; erano scalpellini, insomma. E allora, che non si lavorava ancora in cemento, quando c'era da fare una strada o una diga li chiamavano, questi spaccapietre, alcuni tanto bravi da non saper solo fare le bozze squadrate a regola da un masso informe d'arenaria, ma da saperci anche scolpire oggetti e figure, nomi e ornamenti, cartigli e fregi, come i loro antenati che, in case ora ormai diroccate in mezzo ai boschi, mettevano nome e cognome e data sull'architrave della porta, e rose solari da tener lontani, come le siepi di bosso, gli spiriti maligni, e stemmi nobiliari di antiche casate scappate dalle lotte di fazione di città e finite e decadute quassù, e soli, lune, figure antropomorfiche e mammelle benauguranti, simboli di lavoro e di confraternita. Una storia misteriosa scolpita nei sassi.

Questi finiti scalpellini avevano girato il mondo, con le punte di vario tipo e le mazze per usarle, e non solo in Europa e in America, ma anche in Africa, e certuni erano stati fino in China, come il padre di Balòtta diceva ancora. Ma anche questo era finito, e in quel periodo gli scalpellini riempivano del rumore ritmico del loro lavoro solo il fiume familiare o le cave di pietra serena a poca distanza da casa. Ed erano tornati quasi tutti in paese.

2

Io la racconto, questa storia, come l'ho sentita raccontare tante volte, che ne avevo ancora del tempo da aspettare, prima di girare anch'io per queste stesse strade e incontrarli e conoscerli, ormai vecchi, qualcuno già andato di là, nomi e soprannomi, una faccia e un'impressione. Forse col tempo qualche particolare si è aggiunto da qualche parte, a colorire, e qualcuno conoscerà sicuramente una storia simile e parallela. Ma la storia è tanto semplice che può davvero essere accaduta in tanti posti, contemporaneamente o in momenti diversi; solo i nomi degli uomini cambiano. Forse, nemmeno quelli.

Si diceva che in quel periodo erano tornati tutti. Le grandi ondate migratorie finite, un po' naturalmente, per esaurimento, e la crisi del '29 aveva rimpatriato gli ultimi, ma anche si erano create condizioni nuove, leggermente o apparentemente migliori di quelle d'un tempo, e il fascismo demagogico riempiva l'Italia di opere pubbliche più o meno utili, dighe strade palazzi, ma erano sempre cantieri e quindi lavoro, un po' come nell'ultimo dopoguerra col Piano Fanfani che ci lavorarono tutti, prima di riprendere la strada della frontiera, alcuni per sempre. E c'erano gruppi di coetanei fitti come non se ne vedranno più, tutti lì, alla sera, o alla domenica alla messa prima e alle carte dopo. E forse lì, scaldati dal vino che porta a certe decisioni, forse mangiando acciughe pane e burro per un improvviso posigno, un bel giorno cominciarono a dire: «Una di queste sere dobbiamo fare una baldoria vera, una mangiata da qualche parte solo noi, prima di Natale».

«Aaah ci sto io, ci stai te?»

«Ci sto, io, se ci stai. In dove si va?»

«Si va su al paese di sopra, che c'è quell'osteria che si sta bene, ci facciamo fare da mangiare, una bella polenta coi funghi, ci facciamo fare.»

«E poi un pollo. E un coniglio in umido, alla cacciatora.»

«Ó, ci facciamo fare tutto quello che vogliamo, all'inferno la miseria!»

«E vino come se piovesse. Voglio prender 'na balla ragazzi! Ci stai tée?»

«Ci sto sì, ci sto, ci si sta tutti!»

E nel parlare ridevano e si immaginavano la festa e già sentivano in corpo il sapore di quella polenta coi funghi, di quel pollo, di quel coniglio, e il calore di quel vino.

Era certo un gruppetto d'amici, ma qualcosa di più. Nei paesi le amicizie si formano soprattutto a squadre di coetanei, e loro erano tutti nati attorno alla fine della Grande Guerra, quella che aveva lasciato tanta gente su di là per il Carso, nati quando la Pace aveva riportato a casa quegli uomini. Era gente che si conosce da quando è nata, e che giorno per giorno ha macinato assieme i gradini del crescere e del vivere, branco moccioso prima poi clan affiatato di ribalderie e di furti di frutta, di nidi e pesca di frodo, di lavoro prematuro e botte e fame familiari. Poi la scuola, qualcuno chilometri a piedi ogni giorno per arrivarci, e la difficoltà di far entrare in quelle zucche montanare tosate a tazza o a zero i famosi leggere, scrivere e far di conto, una fatica immane, derubando coi quaderni e le cannette e i pennini il tempo delle fughe, perché quello del lavoro, di aiutare nei campi o nei castagneti non poteva essere certamente toccato. Insieme anche alla prima Comunione, rara occasione di festa e di crapula; per una volta, forse la prima della vita, al centro delle attenzioni, trattati bene, vestito nuovo e pranzo a non finire. È che allora usavano ancora quella vecchia abitudine che il comunicando-cresimando, fiero del vestito nuovo che sarebbe durato secoli, sperando nel frattempo di non crescere troppo, doveva portare alla Chiesa e al Priore delle offerte, materializzate in due bracciatèlle, le larghe ciambelle col buco, infilate una in ogni braccio, e una collana fatta di zuccherini, i piccoli tondi dolcetti di pasta aromatizzata con semi di anice e ricoperti di glassa zuccherata, appesi al collo.

Già alla partenza da casa sentivano il peso tremendo, avviandosi accompagnati dai padrini e madrine, fieri in velluto a coste e lei con parvenze d'eleganza, della futura sfilata per tutta la navata della chiesa addobbati di quei dolci come un'immagine del Mondo di Cuccagna, non pensando che anche gli altri colleghi dovevano sopportare il medesimo peso. Ma non era tanto per loro, era il pensiero di farsi vedere da quelle patozzine (così chiamavano le bambine) che senza l'onere dei dolci erano già nel loro angolo, addobbate come tante sposine, veste lunga bianca e velo bianco in testa, un candido giglio in mano. E fra loro magari c'era quella con cui si erano già adocchiati, quella a cui avrebbero parlato, con cui si sarebbero fidanzati e sposati, perché le cose in paese cominciavano presto e duravano tutta una vita. Ma la bella senza pietà, puoi giurarci, non lo avrebbe sostenuto moralmente, la maledetta, ma già donna in anticipo avrebbe sghignazzato con le altre in femminina brancale complicità, magari con una attenuazione di una pudica mano davanti alla bocca, in un tremolare di gigli e di veli. E il poveretto, invece che carico di doni mangerecci, avrebbe attraversato la navata sentendosi nudo, che qualcuno, arrivato davanti al portone, al pensiero di quella passerella cercava la fuga e doveva essere prontamente catturato e sospinto dentro a viva forza, come se dovesse andare non all'incontro con Gesù ma alla ghigliottina, o, peggio, alla gogna.

Questo però era passato remoto, ormai scordato o ricordato con un sorriso. C'era, più vicina, l'esperienza collettiva della visita di leva, preceduta, la sera prima, da una colossale sbornia che aveva semidevastato il paese per portarli, la mattina dopo, ancora rintronati, dentro alla sala grande del Municipio dove, tutti nudi, con abbronzature dette "da muratore" e cioè il sole preso non sdraiati su una spiaggia in costume ma durante i giorni e giorni di lavoro all'aperto, faccia collo e avambracci belli bronzei e il resto bianco come il latte, si motteggiavano sulle rispettive lunghezze e possibilità, per farli poi tacere in un tentativo parziale e penoso di attenti, sempre rispetto per l'autorità, petto in fuori, pancia in dentro e vergogne a penzoloni.

Dice che Balòtta, così chiamato perché quando parlava sembrava avesse una castagna bollita in bocca, all'arrivo del medico militare si confuse. Erano chiaramente tutti di sana e robusta costituzione fisica, vuoi dire. L'unica cosa forse i denti, che di qualcuno, la maggior parte di loro, aveva salutato da anni la normale scomparsa, un'accettazione pacifica della realtà dell'invecchiare, perché, si sa, col passare degli anni, o si perdono i capelli o si diventa bianchi, la pelle si fa rugosa, ci si vede meno da vicino e non si è più tanto buoni come una volta per la regina. Così i denti, che cascano, e se fan male si fanno togliere, una prassi; e in quelli erano deficienti, senza purtroppo arrivare a quel numero che ti avrebbe fortunatamente esonerato. Il medico quindi, di solito autoritario e supponente, più che visitarli li interrogava, sul lavoro, sulla casa, così. Arrivò di fronte a lui e chiese: «Tu, che mestiere fai?». Balòtta si confuse. Era, come tutti, manovale, che vuol dire mille mestieri e nessuno fisso, e fra questi ogni tanto aiutava uno zio che ogni tanto anche lui, fra i mille mestieri, carpentiere minatore contadino e fotografo ufficiale del paese, caricava su una Balilla un'enorme macchina da cinema, la pellicola, due file di sedie inchiavardate e portava le magie del cinematografo nelle frazioni più sperdute del comune, fin dove la paziente Balilla riusciva ad arrivare. Lui lo aiutava, come uomo di fatica, bigliettaio, venditore di lupini salati e operatore alla macchina. Alla domanda del medico voleva dire il mestiere secondo lui più qualificante, più interessante, tanto per far vedere che non era un bischero qualunque; ma non disse operatore, disse: «Faccio l'artista cinematografico». Il medico, un toscano piccoletto con baffetti e occhiali, impassibile lo guardò facendo un passo indietro: «Già,» disse «eh tu sei proprio di molto bellino». E anche questa, della visita di Balòtta, è una storia che ho sentito raccontare per anni, come quella che sto ora raccontando.

Poi c'era stata la naia, quasi tutti leva alpina, molti assieme nel nordest d'Italia, la naia con le cerimonie barbariche di iniziazione, il passar del tempo nella noia e il passaggio di grado morale, materiale qualcuno; poi il ritorno. Ma l'iniziazione più importante era stata certamente il casino, come lo chiamavano con brutale franchezza. Non certo quelli delle vicine città, che, pure in compagnia, si sarebbero trovati impacciati, anche in quelli più a buon mercato, loro di montagna vicino a gente che sentivano naturalmente più vivace, là nel loro ambiente. Ce n'erano, a quei tempi, anche vicino a casa, più che vere e proprie case regolari erano trattoriole dove si poteva mangiare, bere, e dopo, carichi di vino, provare o riprovare una delle ragazze che c'erano a disposizione, e che il giorno dopo avrebbero incontrato per il paese, per salutarle normali come una cugina, una parente, una di loro. Come se l'intimità della sera prima non fosse nemmeno accaduta. Ma non una botta e via, con indifferenza. Era gente che si conosceva da una vita; che destino avevano avuto quelli morti alla macchia, o in mina, o sotto a un crollo improvviso d'un cantiere? Era un mestiere come un altro. Gente che era lì, erano tutti lì, da sempre, anche se ogni tanto dovevano prendere una valigia o un baule e andare a guadagnare in capo al mondo.

E un po' di quegli amici, una sera, decise che, prima di Natale, sarebbe andato a fare una cena, nel paese di sopra.

3

E la sera della cena venne. Sarebbero andati a piedi, naturalmente, che allora non si conoscevano quasi altri mezzi di locomozione, se non dovevano andare da qualche parte importante, come a una gita col prete in un qualche Santuario, o militare, o in viaggio di nozze, che era entrato nell'uso, e un qualche salto a Firenze o a Roma lo facevano un poco tutti. Si incontrarono verso le sette, la gente allora mangiava prima.

L'appuntamento era all'appalto-osteria, già situato sulla strada principale, che dopo un paio di chilometri verso sud, una distanza ridicola da non calcolare neanche, li avrebbe portati all'altro paese. Ma dato che qualcuno era sempre in ritardo chiamarono un fiasco, che soldi in tasca per quella sera ne avevano e intanto ci bagniamo la bocca, e se la bagnarono bene, che quando arrivarono quegli altri toccò fare il secondo giro, e il secondo fiasco senza neanche accorgersi partì. Poi, ben carburati, si misero in moto.

Mi piacerebbe sapere cosa si dicevano, andando;

forse le bischerate di gente che ha in corpo un po' di vino, sui vent'anni, o forse le storie delle castagne, appena finite di essere seccate e messe nei sacchi, e portate al mulino a macinare per fare la farina, che allora si usava molto ancora, e i castagneti in tempo di raccolta erano puliti puliti, come giardini all'inglese, come biliardi erano puliti, non come ora che tutto è abbandonato e i castagneti sono solo rifugio di daini e cinghiali messi dalla Forestale, perché quelli veri, di qui, erano scomparsi da secoli.

Passarono quella casa con gli archi e le scritte sul frontone e sui lati voluti dall'estrosità di un prete stravagante di quasi un secolo prima, ma non la sapevano bene, la storia, uno strano sacerdote che era stato carbonaro e combattente, uno che quando Pio IX aveva chiamato si era sentito in dovere di andare, e poi lui, il papa, aveva fatto marcia indietro, e il prete era rimasto indeciso se tornare o restare a combattere. Perché in mezzo agli altri patrioti non aveva fatto il prete, si vergognava di far conoscere quella sua peculiarità, ma si era messo in testa un cappellaccio con la piuma e preso un fucile (che allora lo avevano un poco tutti) e via, era andato, e lo avevano ferito e lì, nudo su un tavolaccio, come se allora si potesse vedere, aveva rivelato la sua appartenenza al clero, e aveva anche avuto delle grane, da una parte e dall'altra. Non lo sapevano, loro. Li divertiva solo il fatto, che avevano sentito raccontare, che non gli dispiacevano le donne, e qualche figlio lo aveva seminato, se quella casa era abitata da eredi, e come fa un prete a lasciarsi gli eredi alle spalle se non ha fatto figliare qualche perpetua o qualche vedovella. Poi c'era, in una cappelletta incorporata alla casa, una tomba, con un nome e una scritta: «La malta e la calcina seppelliscono gli errori che fa la medicina». Era il figlio del prete, dicevano, sicuramente. Ma non ci pensavano quella sera, era una delle tante bizzarrie di quel prete e basta. Sapevano bene, loro; sapevano solo della cena che li aspettava, e andarono avanti.

Passarono l'ultima casa, con l'ultimo lampione appeso all'angolo del muro; c'erano, dopo, solo le luci della fila stesa sulla diga, voluta, cancellando per sempre un pezzo di valle, dal regime, una decina d'anni prima. I fanali si specchiavano tremolando sul lago artificiale, ma sull'acqua ondeggiante si riflettevano solo le luci, non c'erano in alto quei bei cieli invernali di quando è sereno e la temperatura va sotto anche di quindici gradi e il freddo ti taglia la faccia ma è tutto limpido e il cielo pieno di stelle come d'agosto, meglio, perché è tutto più chiaro, senza foschia. Era invece coperto, e ogni tanto il vento portava qualche faliscata di neve, e sembrava che il cielo ne avesse voglia, di mandarla giù, tanta, da coprire tutto di bianco, ma a loro non interessava. Erano giovani, coperti, allegri, e già pieni di vino. Neve o vento, cosa importa? Era inverno no?

E allora la neve prima o poi doveva pur cadere. E se cade, lascia che venga.

Poi, dopo la diga, il buio di due chilometri di strada, ma la conoscevano bene, quella strada, l'avevano fatta tante volte che ci sarebbero andati anche a occhi chiusi, l'avevano fatta anche combattendo di sassate con quelli del paese di sopra quando dopo un ballo un'attenzione un po' più pressante a una donna locale aveva innescato la rissa, cazzotti dentro e fuori, e poi ritirata strategica, colpiti da una gragnuola di sassi arrivati a parabola curva, risposta, contrattacco, fuga entro i propri confini, a ridere di vino e a contare eventuali feriti. La conoscevano bene, quella strada.

Si presero a braccetto, e andarono.

4

Il primo a sinistra si chiamava Libero, dico si chiamava perché è morto da quel po'. Ultimo dopo cinque figli, aveva avuto la buona ventura di non chiamarsi Sesto, come i fratelli Primo, la sorella Seconda, e così via. Libero si chiamava, perché il padre, se fino a quel punto era stato agnostico e rassegnato alla legge delle statistiche, in una miniera della Svizzera francese, fra monti più alti e vita più dura anche se con qualche soldo in tasca in più, aveva incontrato idee di sinistra che il giornale «L'Avvenire anarchico» e qualche amico più emancipato gli avevano suggerito.

Partito scevro di pregiudizi ideologici e vagamente cattolico, si era trovato fortemente socialista anarchico. Poi la patria ritrovata assieme alla trincea gli avevano fatto conoscere altri compagni dell'idea, o meglio, dell'ideale, e così, a quel figlio, ultimo della covata, era toccato quel nome. Il padre poi, al ritorno dalla guerra, aveva messo a frutto certe sue esperienze lavorative ed era diventato falegname, aveva impiantato su un laboratorio che andava anche bene, ma lui (Aligi il nome, per la storia, anche del costume e della vita poetica nazionale), era un po' troppo facile all'esprimere le proprie idee e cosa pensava del Duce e dei fascisti compaesani. Era uno che diceva sempre le cose che doveva dire, e le diceva a voce alta, soprattutto se aveva dentro qualche bussolotto di vino, che non gli dispiaceva; anche fra i contegnosi montanari c'è gente così, ingenua, forse romantica. Comunque, fascismo o no, se la passava abbastanza bene, ma misteriosamente una notte il suo laboratorio andò a fuoco, e un laboratorio di falegnameria, si sa; era bruciato così bene che di tutto quello che c'era dentro, attrezzi, legni stagionati e da stagionare, mobili fatti e da fare, un rogo, una vampata, e c'erano rimasti solo i muri portanti. Questo indignò il vecchio, lo colpì nel suo senso di giustizia; era già abituato a prender su e partire e così non ci stette tanto a pensare in cima, ed era andato ad Antibes, dove c'erano altri paesani che, memori di antiche attività invernali, quando il gelo impediva altri lavori, sapevano intrecciare panieri e cesti, e lì era per i fiori, che in quel periodo conoscevano la fortuna dell'esportazione. Andò là, sperando prima o poi di poter rimetter su la sua bottega e risentire l'odore del legno da lavorare, e della segatura che vola per aria. Si era portato dietro anche il figlio più piccolo; quando arrivarono, raccontava poi Libero, era per caso la notte fra il tredici e il quattordici di luglio, come si sa festa nazionale.

Il bambino arrivò e sentì le musiche e vide la gente per strada che ballava e i fuochi d'artificio che scoppiando coloravano il cielo e sbornie di vino e Pernod che scoppiavano sulla terra. Forse ne rimase impressionato e decise lì per lì che sarebbe stata quella la sua vita, altro che lavorare e sudare sotto padrone. Non si sa cosa fece, solo che attorno alla maggiore età era tornato, pare non tanto perché annoiato dalla Francia o da quella vita ma perché la giustizia francese aveva trovato da ridire su certe sue imprese che non riguardavano certamente l'intrecciare vimini per fare ceste o tagliare assi per fare i mobili. Chissà se immaginava quella notte, mentre andava a quella cena, che su quella stessa strada un'altra discutibile giustizia l'avrebbe cercato, nelle nuove insospettate vesti di partigiano o rapinatore, fate un po' voi.

Partivano, in sere come quelle senza una luce, ché anche quelle di diga erano chiuse per l'oscuramento, lui e un altro manipolo di gente come lui, disperati alla fame o patrioti o forse le due cose assieme. C'erano dei punti, lungo la strada, che tutti in paese ben conoscevano, in cui i camion d'allora dovevano rallentare, per cambiare la marcia; lì loro si gettavano giù e saltavano sopra ai cassoni e li vuotavano. Armi qualcuna la avevano, qualche fucile da caccia, anche se erano stati requisiti, e qualche revolver americano con i proiettili contati, appena i colpi dentro e una manciata ossidata in una tasca, ma più che le armi contavano tutti su una azione veloce e un'altrettanto rapida fuga. Andò bene per un po', perché era una zona tranquilla, non c'erano tante vedette a far da cani da guardia, e loro molto abili, impratichiti dai furti fatti ai rari camion di frutta che passavano in tempo di pace. Ma una notte se ne accorsero e spararono. Fu quello a definirli partigiani? A volte il destino ti butta dentro a certe azioni che ti battezzano addosso una vita. Quella volta uno era già sopra e buttava giù, avevano trovato un camion pieno di roba, formaggi e scatoloni di qualcosa, marmellata o margarina o conserve. Ma i crucchi sopra se n'accorsero, e il guidatore frenò improvvisamente e l'altro cominciò a sparare, una raffica di Spandau che secca illuminò la notte e spazzò il bosco soprastrada; risposero due colpi di un fucile da caccia 12 che fecero solo fischiare l'aria, mentre quello che era sopra urlando ai suoi di non sparare, che c'era lui in mezzo, era saltato giù dal camion e cercava di sfuggirsela veloce e a testa bassa verso monte, ma per l'eccitazione e la paura non riusciva più a trovare il punto basso da cui era disceso, non trovava il posto di risalita, e piangeva correndo avanti e indietro disperato, e fu lui Libero a tornare indietro per andare a prenderlo e a dargli il braccio per tirarlo su, e si dileguarono per i castagneti. Poi andarono per i boschi in alto e per un po' rimasero nascosti.

Erano partigiani? Perché non c'erano solo i camion dei tedeschi, c'era anche qualche raro camion civile che portava quel poco che c'era da portare in quei tempi miseri. Loro non facevano tante distinzioni, ogni camion era quello buono e via. Erano azioni così, lasciavano passare quelli con i soldati, quelli ben guardati, ma quegli altri erano merce loro; poi la roba la nascondevano in mezzo ai boschi e via, la consumavano o la rivendevano. E imparzialmente e con più gusto, perché c'era di più, fecero la stessa cosa anche con i camion degli americani e dei brasiléri, che anzi era più facile, e la roulette improvvisata che in quei tempi matti misero su nel vicino paese più grosso aveva trovato nuovi ricchi avventori, con la sigaretta americana in bocca, fasci di AM lire in tasca e una delle tante signorine appesa al braccio.

Poi la guerra finì, e i camion pieni di roba smisero di passare. Libero, che era abituato ad avere qualche soldo in tasca, si trovò proprio a terra, e da fare in giro allora c'era poco poco, e anche quel poco bisognava proprio sudarselo. Una notte lui con altri due fecero una rapina, a viso scoperto. La giustizia allora era lenta ma arrivava, il tempo non era dalla loro parte, e dopo poco li presero, tutti e tre. Scontarono la pena e tornarono a casa. Uno andò in Francia e non s'è più visto, uno a lavorare fuori, in Italia, ed è tornato da vecchio; lui, un giorno in cui l'estate era finita e le nebbie scendevano dai monti attorno, forse pensò che quelle nebbie lo avrebbero perseguitato per troppi mesi, che non aveva nemmeno la legna per scaldarsi. Prese del filo del telefono lasciato a rotoli dagli americani spreconi, lo legò in cucina, davanti al camino, al gancio usato un tempo per appendere le salsicce ad asciugare, e si impiccò.

Ma allora era il primo della fila e cominciò a cantare una canzone, di quelle imparate da soldato negli alpini, e Mezzonéccio, che era secondo alla sua destra, lo abbracciò e gli andò dietro, e in controcanto di terza sopra.

5

Di Mezzonéccio si è un poco detto. Era come quasi tutti senza una professione fissa, prendeva quello che trovava, voleva dire che sapeva far di tutto e niente in tutto. Piccolo e magro, lo dicevi meno di niente a guardarlo in superficie, ma se l'osservavi bene dietro a quei suoi occhi azzurri e a quella sua voce sonante capivi che c'erano intelligenza e cuore, in quell'uomo.

Forse un suo antenato era stato un arimanno longobardo, di quelli che attorno al 700 arrivarono in queste zone, puntando, da sud, verso Bologna, e che poi sono rimasti, gente fra gente, fregandosene dei Franchi vincitori, e riempiendo queste vallate di occhi azzurri e di capelli biondi e di toponimi germanici. La sua famiglia era stata una delle più ricche del paese, lo possedevano mezzo, poi non so perché erano andati via, con poco e niente in tasca, in zone più alte e remote. Li ho ritrovati io, negli stati delle anime del 700; lui era da poco tornato verso valle. Non erano andati tanto lontano, questo sì, ma allora certe distanze erano distanze, e un'altra frazione un mondo diverso, parlava già un poco differente.

Fra le altre cose Mezzonéccio era stato campione di salita al palo della Cuccagna. Non che facessero veri e propri campionati; il palo era lì, in piazza, e la Società delle Feste l'aveva messo su per i villeggianti che allora venivano numerosi l'estate, per divertirli, dar loro qualcosa da guardare e commentare, perché loro certo non ci andavano mica fin lassù. Ó, come facevano, lo zerbinotto in paglietta e zanettina in mano, la signorina coi capelli alla maschietto, ad arrampicarsi su quel tronco maledetto, che ci volevano gambe adatte a tenere il palo e braccia robuste, per permettere al corpo di arrampicarsi, bracciata dopo bracciata? Diritto e alto, aveva sulla cima una rotella di ferro a cui avevano appeso due prosciutti, o meglio, un prosciutto e una spalla, buona se si sa quando e come mangiarla, tre o quattro salami, e dei biglietti colorati che rappresentavano bottiglie di vino e fiaschi. Ad arrivarci, lassù, una ricchezza, da spendere in mesi di companatico o in una sera di gozzoviglie.

L'avevano rizzato, il palo, un giorno prima, all'imbrunire, quando tutta la gente era lì in piazza a vedere, perché anche quello era spettacolo. E tutti guardavano in su, quei prosciutti e quei salami e se li sentivano dentro, e quel vino giù per la gola, a sciacquabudelle, a fiotti. Lo guardavano e non pensavano a quel nome, Cuccagna, ma c'era qualcosa in quella roba che invitava a salire, ad andare lassù in alto a prendere qualcosa, a farsene proprio. Tutto là, di chiunque avesse teso una mano, di chiunque fosse riuscito ad arrivarci.

Era tutto lucido e unto di grasso, il palo, e tutti lo guardavano e commentavano.

«Ci si va su?» chiese Mezzonéccio a un altro.

«Sii, fin lassù!» disse l'altro, ma lui era lì quasi come quella volta delle arance e dei fichi secchi in Calabria. Racconta (perché poi l'ha raccontata tante volte, quella storia) che quella notte non dormì, e a casa si rigirava nel letto e sognava di andare su, su, ma che un qualcosa gli impediva sempre di arrivare, di conquistare la meta. E si svegliava bagnato di sudore.

La mattina dopo, quando si alzò dopo una notte a rigirarsi nel letto, aveva deciso che ci sarebbe andato. Cercò nel bidone vicino al forno e si mise da parte un grande sacco di cenere «che è meglio del gesso o di quelle altre cose lì, per pulirlo...» e si presentò, verso le cinque del pomeriggio, in piazza. Aveva già fatto il giro di alcuni locali e se all'inizio era timido ora la timidezza gli era volata via assieme alla sobrietà. Si sentiva forte, e sicuro.

Si presentò sotto al palo. Qualcuno, qualche ragazzino, aveva già provato ma aveva liberato dal grasso solo qualche metro. C'erano due o tre tipi seri e in età giusta, uno soprattutto che lo conosceva, di un paese vicino, professionista dei pali (perché c'erano anche quelli), scamaiadóre fortissimo, di quelli che pulivano i castagni di mestiere e sugli alberi si arrampicavano con una mano sola, perché l'altra reggeva il pennato. «Ragazzi è alto» dicevano, e lo guardavano nuca all'indietro, e si sedevamo a riposare e a bere da un fiasco che qualcuno aveva portato. Fra andata e ritorno intanto l'avevano già ripulito mezzo, ma i più giovani avevano ormai rinunciato.

Mezzonéccio guardò bene attorno chi poteva dargli noia, poi si sedette vicino all'uomo giusto. Dopo un po': «Si fa a mezzo?» chiese. «Te arrivi su, fin dove ce la fai, e poi vado io e te lo pulisco bene quasi fino alla cima, e poi monti tu e si arriva e si tira via tutto, e si fa a mezzo.»

L'altro non rispose. Pensava. «Si può fare» disse. «Vai tu fin quasi su, poi vado io e te lo pulisco bene bene, poi o tu o io si arriva in cima, e si fa a mezzo, da buoni fratelli.»

«O tu o io, da buoni fratelli!» chiuse l'altro. E si dettero la mano, dopo averci sputato sopra a suggello.

Così Mezzonéccio era partito e glielo aveva pulito per un po', poi con calma si era lasciato scivolare giù. La gente capiva che c'era qualcosa sotto, che il palo stava per essere conquistato, e stavano tutti attenti, naso in su.

Mezzonéccio disse all'altro: «Dai mò, l'ultimo tratto, poi la strada è aperta, e si vede chi ha più forza e va su, ma ricordati a mezzo».

«Sì sì,» fece l'altro «a mezzo, come s'è detto» e andò su, ma quando arrivò al punto in cui doveva lasciare lo si vide fermarsi un attimo, come per pensare, poi fare un altro passo in su, poi rimanere appeso come per riprendere le forze, poi ancora un passo.

«Vieni giù che ora è nostro, riposati ora!» gridava da sotto Mezzonéccio. «Fermati ché tanto non c'è più nessuno, mi sono già chiamato io per questo turno, è fatta!»

Ma l'altro a vedere quella roba vicino, c'era a un paio di metri solo, o che l'avesse sempre calcolato, si era fermato, per riprendere le forze, e urlò di sotto: «Chi ci arriva ci arriva e la roba è sua».

«Ah, figlio d'un cane!» fece Mezzonéccio e stava a guardare l'altro che si riposava, poi avanzava d'un pochino, poi si riposava ancora, perché gli ultimi metri sono tremendi, e lui di sotto che aveva buttato il cappello per terra e lo pestava e imprecava, e l'altro lassù che andare andava ma di poco poco, si vedeva che era stanco e non ce la faceva, ma era proprio a niente, un altro balzetto in avanti e un altro riposo e ce l'avrebbe fatta. Poi, nel farlo quel passetto, l'ultimo, un braccio gli perse e tornò giù di mezzo metro buono (ma provatevi voi lassù), poi si fermò e lo riguadagnò, ma forse quel mezzo metro l'aveva provato duro, lo aveva privato delle energie mentali per superare la stanchezza e il mal di braccia e gambe, ché rimase in bilico un attimo, un momento solo, poi se ne venne giù di volata e si lasciò cadere sull'erba e se ne stette sdraiato e morto, con Mezzonéccio che gli urlava: «Te l'avevo detto io, figlio d'un cane, cosa cercavi lassù da solo?! Ora cosa pensi di fare, vuoi tornare lassù tutto solo eh? E la forza, dimmi la forza, se ce l'hai ancora?!» e gli danzava attorno preso dalla sua ira; e l'altro gli disse, quasi morente: «Se hai tanto fiato adoperalo lassù e non stare qua a rompere i corbelli, ché tanto là non ci arriva nessuno!».

Allora a Mezzonéccio venne dentro un'ira così grossa e così grande che lo guardò senza dire più niente, poi saltò sul palo e si dimenticò anche per terra il sacco con la cenere, ma in un attimo arrivò a quei due metri dai premi con le gambe che gli facevano male e le braccia che non le sentiva più, e stava aggrappato lassù come il dio dei pali della Cuccagna, piccolo com'era ma con dentro una rabbia grande come il palo e come il monte e come tutto, e stringevano le cosce quel palo unto e le mani andavano a togliere via il grasso sopra quei due metri di legno affusolato, che sembrava ce n'avessero messo di più, solo per quei metri, quei due metri, che diventavano meno perché le gambe si stringevano e le mani pulivano e ancora più su, con una rabbia dentro che gli venne da piangere e pianse anche, ma pensava: "Ce l'ho quasi fatta, ci sono quasi, ma se le forze mi vengono meno ora è tutto rovinato, oddio non ce la faccio più, non devo star a pensare ma andare andare andare", e ancora dieci centimetri e già vedeva la fine e pensava: "Se fossi più alto di quello che sono già ci sarei, in cima...", e ancora con le gambe e le mani si arrampicava e non sentiva più niente ma c'era, c'era quasi, ancora un poco, "...bisogna riposarsi, no, ci sono quasi, ce la devo fare, un altro poco ancora". E si inerpicò ancora un poco e aveva tutto lì, a portata di mano.

Quando toccò il primo prosciutto non sentì il rumore della folla sotto che applaudiva e vociava, era cieco e sordo, lo sentì al secondo e vide guardando in giù tutta la gente che si dimenava ma non sentiva quello che dicevano. Si aggrappò allora al cerchione di ferro in un impeto di gioia beffarda e liberò una mano e salutò ampio la folla sotto, poi toccò un salame, due, tre, e poi stava per toccare il vino ma si sentì dentro come un vuoto improvviso, totale, una spossatezza che non aveva mai sentito, e allora ondeggiando col corpo afferrò il palo con le gambe, lo circondò con le braccia e si lasciò cadere giù, ma non lentamente, che si scorticò gambe e braccia e tutto, era un sasso che cadeva, e quando arrivò a terra non capiva più niente, cercava solo di allontanare quelli che lo battevano da tutte le parti; e quando l'altro gli si fece addosso e «Allora si divide?» gli disse, lui: «Si divide ma la maiala di tu' ma'!» ebbe la forza di rispondere. Poi si gettò per terra e svenne.

Ed era lui che, udita la melodia, immemore di

quel piccolo grande eroismo, attaccò con la sua voce da tenorino la terza sopra del canto, imparato quand'era militare.

6

Emìdio non cantava. Non che non gli piacesse (a chi non piaceva la musica?), soprattutto da giovane. Gli piaceva anche andare nelle sale da ballo e ballare, abbracciare quelle ragazze e gettarsi nel valzer o nella mazurca, nel tango e nel foxtrot. E quelle ragazze lo accettavano volentieri, perché era un bell'uomo e anche elegante, più elegante dei coetanei lì attorno, e anche con un qualcosa di cittadino dentro. E gli si abbandonavano volentieri e, sentendosi il petto stretto da quell'abbraccio forte ma gentile, alzavano un poco lo sguardo per cogliere un lampo di luce fra i capelli imbrillantinati tirati indietro e divisi dalla riga nel mezzo, e forse sospiravano. In molte lo avrebbero voluto sposare, ma lui aveva altre idee per la testa.

Suo padre stava un po' meglio degli altri uomini. Tornato dall'America, non aveva sprecato i soldi nei castagneti, ma con il guadagno della mina aveva comprato un paio di muli, e iniziato a portare avanti e indietro la roba degli altri. Bravo o fortunato, o tutte e due le cose, gli era andata bene e i muli erano aumentati ed erano arrivati i cavalli e i carri.

Emìdio guardava lontano, e capì che se voleva andare avanti ancora doveva modernizzarsi, doveva passare all'automobile, era da un pezzo che passavano sulla strada e i tempi erano maturi. Aveva convinto suo padre a comperare una Fiat 514 che usava soprattutto d'estate, per portare i villeggianti, andarli a prendere alla stazione, a fare dei giri, a riportarli a casa.

Fu così che conobbe sua moglie. Era la figlia unica di un ricco impresario edile, una signorina con qualche anno in più di lui, non brutta ma nemmeno bella; graziosa, a essere buoni. Veniva su, ogni estate, sola perché orfana di madre e il padre aveva sempre da fare. Si recava nella vicina cittadina termale, per le acque, che dicevano miracolose per certe malattie. Ma quelle acque facevano abbastanza poco; era, diceva una vecchia governante, il suo sistema nervoso che era così delicato. I vecchi del paese avrebbero saputo dire cosa avrebbe veramente giovato alla signorina, con rudezza montanara, ma non potevano dirlo, né provvedere. Emìdio diventò quasi il suo autista personale, alla mattina la passava a prendere e portava alle cure. L'aspettava bighellonando, poi la riportava a casa. Al pomeriggio, dopo il riposino, la ripassava a prendere e la portava in giro, un paese, un altro, una città, loro due da soli, lui davanti alla guida e lei nel sedile di dietro. Dai e ridai fra i due nacque una certa confidenza, e qualche volta facevano tardi e si fermavano a mangiare fuori, e negli ultimi tempi, al loro ritorno, qualcuno vide che lei si era seduta davanti, vicino a lui. Nessuno sa cos'è successo veramente, sta di fatto che le cure cominciarono a funzionare, mai come quell'anno, e lei era diventata rosea e florida e persino sembrava ingrassare. Si sposarono in fretta, e nacque un figlio settimino. Lui abbandonò l'automobile, almeno come autista. Era giovane e intelligente. Il padre della ragazza, ormai madre felice e senza più problemi di nervi, capì che quel giovanotto elegante e impomatato non si era buttato fra le braccia della figlia solo per amore, ma capì anche che in quell'uomo c'erano volontà e abilità negli affari. Non c'è tanto tempo, nella vita, per un amore romantico, e lui era il figlio maschio che gli mancava, che aveva sempre desiderato. Lo fece esentare dal servizio militare quando la guerra, di lì a poco, scoppiò, e lo associò con sé nella ditta, che andò avanti e si allargò.

Ora, sempre elegante e impomatato, con i capelli ancora nerissimi tirati indietro, esce al tardo pomeriggio e alla sera a fare qualche partita a carte con gli amici rimasti. Segue blandamente il figlio nell'impresa che continua prospera a lavorare, si gode ormai ozio e nipoti.

Ma quella sera pensava soddisfatto alla cena che l'attendeva; non cantava ma si sentiva bene, assieme agli altri amici, e li abbracciò alle spalle.

7

Balòtta provò a cantare, ma era stonato, come un embrice. Attaccò con la sua vociaccia forte e sgraziata, perché cantare gli sarebbe piaciuto, e anche il canto lo conosceva, vuoi non conoscerla quella del cacciatore che incontra una pastora e s'innamora di lei. Era arrivato il canto quando dice:

Mentre la bella dormiva
il cacciatore vegliava...

e partì entusiasta, ma lo sentiva anche lui che qualcosa non funzionava, nel suo canto; e poi Mezzonéccio che era un tipetto nervoso gli aveva subito urlato: «Ó, sta mò zitto, che rovini tutto!», e lui s'era acquietato, brontolando che non lo facevano mai cantare, ma era stato zitto, e ascoltava gli altri e guardava da vicino (non si vedeva a un metro) la neve che aveva cominciato a cadere, e gli danzava attorno e gli bagnava la faccia. Forse, con la lingua, provò a mettersi nella bocca inattiva qualche fiocco che gli era finito sulla faccia.

In tempo di guerra l'avevano mandato in Russia, ARMIR, 8ª Armata. Dopo una prima battaglia difensiva, nel settore italiano, era arrivata una relativa calma. Provo a immaginare Balòtta con questo grande fiume davanti, freddo e neve ma relativo benessere, da montanaro com'era, solo la noia dei turni di guardia o la noia in genere del servizio militare. Lo dice nell'ultima lettera arrivata a casa da laggiù, che sta bene, che i russi non danno guai più di tanto, che sono attorno a questo grande fiume, il Don. Ci saranno state pattuglie, qualche fucilata: naia. Poi si sa, come è andata a finire, la grande offensiva russa di metà dicembre, lo sgretolamento progressivo delle nostre difese, il ripiegamento. Di lui non s'è saputo più niente, forse morto in combattimento, tentando di forzare uno dei tanti sbarramenti nemici, forse segato d'assideramento e fame, uno fra i tanti della grande fila che si dipanò tragicamente fino al 30 gennaio dell'anno dopo verso Bolse Troitzkoe, vicino a un altro grande fiume, il Donetz.

Chissà se ricordò, là in quella enorme pianura di neve, quell'altra sera di neve, più dolce, più familiare, di qualche anno prima, e se ricordò il cibo di quella sera e il vino e le donne; se, prima di morire, provò a cantare, con la sua voce stonata, la storia del cacciatore e della pastora. Non lo sapremo; lui è solo uno dei tanti dispersi che la grande pianura russa forse non restituirà mai.

8

La trattoria dove erano attesi era uno di quei posti che farebbe la felicità dei ricercatori domenicali d'adesso; sai quei posti dove si mangia bene e si spende il giusto. Un posto all'antica, via, e ti danno solo cose genuine e i padroni sono così simpatici. E non si spende niente. Solo che di posti così non ce ne sono proprio più.

Era un locale a strapiombo sul fiume, che scorreva di sotto parecchi metri, e in quel momento, se tutti fossero stati zitti e attenti, si sarebbe sentito muggire di piena rotolante verso valle, spostando con fragore crosciante sassi di qualche tonnellata, immagina quelli più piccoli, e rami di castagno strappati dai fossi in buie forre senza fondo, o anche salici e ontani che crescevano lungo le sponde, scalzati dalla corrente e portati in giù, in rovina.

Agli inizi del secolo era stata una pensione anche pretenziosa, la vicina cittadina termale portava villeggianti di lusso che potevano fermarsi negli alberghi del centro oppure spargersi nelle vicinanze, o in ville liberty seminascoste dagli alberi, di solito abeti che non c'entravano nulla con la flora locale ma che lasciavano vedere una lontana nostalgia di favolistico Nord, le Dolomiti e il Tirolo se non Baden Baden o Marienbad, o in pensioni come quelle. Sorgeva su tre piani, ancora ornati da figure, in certe sale, o da semplici disegni floreali alle pareti, pavimenti a mattonelle losangate bianco-nere o ottagonali rosse, e bagni col water, anche se le catene degli sciacquoni pendevano inerti, perché allora non c'era l'acqua corrente. Fabbricata agli inizi del secolo, aveva seguito le vicende dei tempi: già in disgrazia durante la Grande Guerra, per mancanza di clienti, era lentamente decaduta e passata di mano in mano.

L'aveva fatta fabbricare un alto ufficiale di cavalleria palermitano, finito su questi monti per la cura delle acque e per lontane parentele mai assodate dopo. I posti gli erano piaciuti e aveva pensato di mettere assieme il clima buono, le acque e i soldi risparmiati in anni di carriera. Pensava di stare su a riposare e di godersi i frutti di una vita, lui direttore di tutto, un po' d'amministrazione e via, servito e riverito come aveva fatto fino a quel momento. Per un po' aveva anche funzionato, poi la guerra come si è detto, e l'unico figlio morto sul San Michele, guardando Gorizia laggiù, così vicina e tanto lontana, avevano fatto il resto. Un ictus conseguente lo aveva tolto di mezzo in poco, e la casa era decaduta e passata di mano in mano finché era finita in quelle di un paesano che aveva pensato di mettere a frutto pratico il commercio di olio e vino che aveva sempre fatto. A piano terra c'era la trattoria vera e propria, con una sala per gli ospiti con l'imponente banco del bar di fianco e qualche tavolino per chi voleva semplicemente bere e giocare a carte, e un'altra sala come cucina. Al terzo piano abitavano i padroni, al secondo c'erano le camere per quelli che ogni tanto d'estate sceglievano quel posto e si riempiva anche, di qualche pensionato o famigliole, ma in quel periodo le stanze erano vuote e fredde e piene di fantasmi di tutte le persone lì passate, ombre che facevano rabbrividire la servetta che aveva dimora in una piccola stanza all'ultimo piano, quando ci doveva passare da sola, ma forse tremava più di freddo che di paura, perché a quei tempi le camere da letto non erano riscaldate e lo stesso gelo regnava indisturbato su tutta la casa, all'infuori del piano terra dove due stufe a cassettone e i vari fornelli e il camino spargevano calore, sperando che un pochino, come la fisica vuole, andasse di sopra.

Quando arrivarono ed entrarono, rumorosi e sguaiati, non c'era nessuno, perché era l'ora di cena e gli altri avventori erano andati a casa a mangiare, ma una grande tavola li aspettava, con la tovaglia bianca e i tovaglioli di bucato come a un pranzo di nozze e piatti e bicchieri disposti ordinatamente e già un paio di fiaschi di toscano messi là, provocatori, invitanti.

Entrarono bagnati, perché a mezza strada aveva cominciato a nevicare, forte, e si sedettero rumorosamente; allora parlavano tutti il dialetto, inframezzato dall'italiano perché parlavano bene anche quello, zona di confine, erano toscani anche loro ma politici più che morali, tanto che dicevano: «Quello? È un toscano!», quando incontravano qualcuno dell'altra parte del passo, e avevano per loro quella diffidenza istintiva tipica dei montanari per la gente di lingua più facile, un po' diversa da loro, più emancipata.

L'oste, Vittorio, li accolse con un gran sorriso e grida di benvenuto. Giramondo per mestiere e dongiovanni per vocazione, era sempre a cercare vino e olio, e donne se capitavano. La moglie, la Giuseppa, sembrava molto più vecchia di lui, anche se l'aveva sposata quasi bambina, ma si alzava tutte le mattine alle quattro a fare il pane, a rassettare la cucina. La serva era una ragazzetta bruttina, senza storia, e senza rimarrà.

La Giuseppa in cucina finiva di girare la polenta; col coppo piegato dal ginocchio contro il largo paiolo e il palo tondo di legno la rimestrava in giri concentrici, poi passò a Vittorio l'incombenza, mentre andò sui fornelli a carbonella a controllare le pietanze, il sugo coi funghi e la salsiccia e i grandi tegami con i polli e i conigli per dopo, perché avevano prenotato e si era lavorato tutto il pomeriggio per loro.

«Quanto c'è da aspettare,» chiese Emìdio «che abbiamo fame!»

«Ragazzi è quasi pronto, ma qualche minuto c'è. Accomodatevi, intanto.»

«Allora portate un po' d'acciughe con un po' di burro, che tasselliamo il vino bevuto prima, e cominciamo a sgranare.»

«I fiaschi ci sono già» aggiunse uno, e la servetta vergognosa arrivò con la roba.

Spazzarono tutto in breve, i vent'anni e la camminata avevano messo loro fame, e anche i fiaschi volarono, un po' per il freddo e tanto per le acciughe, che fanno venire una gran sete.

«Allora gente!» urlò Mezzonéccio. «Qua abbiamo fame, ó!»

«Pronti, pronti, eccoci qua!» e la servetta portò il tagliere e la Giuseppa arrivò col paiolo fumante della polenta. La calò sul tagliere, e quella semplice azione li fece star zitti per un po', d'istinto. Guardarono quel gesto conosciuto quasi con riverenza, l'inclinarsi del paiolo e lo scorrere lento della massa gialla e fumante.

«Ragazzi,» disse uno «la polenta è sempre bella da guardare.»

«Da guardare?» fece un altro. «È mò bella da mangiare.»

«Quanta ne ho mangiata,» disse Libero «ma bióscia, che se non c'è sugo a condirla lascia pure che sia bella. La polenta ragazzi non sa di niente.»

«Eccolo, eccolo il sugo!» e arrivò il tegame del sugo ancora ribollente, salsiccia e funghi e pomodoro e olio, un enorme tegame perché avevano detto senza badare a spese. Col filo tagliarono le fette, e si servirono di polenta e di condimento. Cadde un silenzio improvviso, solo ogni tanto si sentiva il biasciottare differente delle bocche che macinavano.

«Buona, buona sì!» e Mozzonéccio a bocca piena ringraziò a suo modo la padrona, che apprezzò ma disse: «Buona, sì, ma il granturco non è stato macinato a dovere. Glielo avevo detto io, al molinaro, ma me l'ha fatta troppo fina, quella farina».

«No no padrona, è proprio buona.»

«E il sugo è meglio» aggiunse uno.

Si servirono ancora, il filo passava di sotto poi, retto a due mani, tornava su e affondava nella massa gialla e tagliava le fette dolcemente, ma quasi da far star male, quello squarcio nella grande mole gialla, e le bocche masticavano silenziose e le mani correvano alle fette che tocciavano nel sugo e al bicchiere del vino ché, una volta riempito a dovere, bisognava pur bagnare quell'impasto nelle loro pance! In mezz'ora c'era rimasto solo un paio di fette sul tagliere sporco, e il tegame del sugo era lustro, spazzato come da una lingua di cane, con una fetta di pane in aggiunta. Si appoggiarono indietro, pesantemente, sulle sedie.

«Per antipasto andava bene,» scherzò Mezzonéccio «ma quand'è che si comincia a mangiare sul serio?»

La servetta portò due paniere di pane toscano tagliato a fette, e arrivarono i due tegami del coniglio e del pollo. Non era gente che mangiava sempre così, a casa, e quando mangiavano, mangiavano. Ci furono grugniti di calma soddisfazione e approvazione, ognuno preso com'era a tirar giù e a mangiare. Solo verso la fine si invitavano reciprocamente a finire quella roba, per non lasciare lì niente. «Se prendi quel pezzetto lì prendo l'ultimo io!» si dicevano, e in un'altra mezz'ora anche il secondo fu spazzolato via. Erano tutti pieni strafogati, ma nessuno, quella sera, lo avrebbe ammesso. Erano venuti a mangiare.

Arrivò Vittorio con una tonda forma di formaggio; con l'apposito succhiello lo aprì e lo assaggiò: «Sul formaggio non sbaglio mai» disse. «Sentite un po' questa. L'avevo vista e ve l'avevo messa da parte; è sardegnolo vero».

Il sardo era retaggio dei loro padri, di quando andavano a fare carbone di macchia, e per mesi non mangiavano altro, ma avevano preso quell'abitudine, e il formaggio sardo era diventato una ghiottoneria da fine cena, da festa. Coi coltelli tagliarono larghe fette, lo pulirono dal cerume sulla crosta, e lo assaggiarono da intenditori, e i fiaschi giravano e si vuotavano.

«V'ho fatto la zuppa inglese» disse poi la Beppa, e arrivò con la terrina rossa di alchermes e gialla di crema.

«Allora ci vuole il vin santo» disse Balòtta. «E porta anche qualche cantuccio toscano» e tutto fu spazzato via.

Erano pieni colmi di cibo, e ottusi dal vino. «Ragazzi sono pieno, qua se non arriva una grappa scoppio» disse Emìdio.

Vittorio sorrise e andò a prendere un bottiglione da due litri d'una certa grappa che distillava in barba a tutte le regole della Finanza, chiara come l'acqua e piena di alcol che lasciava ampie tracce di glicerina nei bicchieri. Balòtta si frugò in tasca e accese un toscano.

«Accidenti a te, sempre con quella puzza?!» gli disse Mezzonéccio.

«Ó, fatti più in là!»

«Sta' mò bono, e bevi, no?» rispose Balòtta, e dette l'esempio, sorseggiando il suo bicchiere. «Però, bona!» e tossì e storse il muso, ma continuò a bere.

Dopo un po' la grappa era quasi finita. Qualcuno guardò la pendola appesa al muro, un ricordo di famiglia che scandiva le ore.

«Ragazzi come passa il tempo» fece Libero. «Siamo appena arrivati ed è già tardi. Ora cosa si fa?»

«Si va a trovar la Fiorina?» disse uno.

9

È passato tanto, da allora. Mezzonéccio, che mi racconta questa storia d'inverno alla fine di una giornata d'estate con un caldo che inchioda anche i gatti, fermi stesi sull'erba a dormire, è vedovo, e mangia con me alla trattoria del paese; poco, perché, dice, ha lo stomaco che non gli funziona più come un tempo. Me l'ha già raccontata tante volte, ma mi piace ascoltarlo, col suo italiano arcaico e quasi perfetto, un suono musicale e remoto: «Ma la sai già!» mi fa un poco sospettoso.

Emìdio, in un tavolo poco distante (perché ha dentro l'antica prudenza di non disturbare quelli che mangiano), ancora elegante sta aspettando che arrivino gli altri per la partita; ascolta e ogni tanto corregge e puntualizza una sfumatura, un appunto di ricordo. D'allora parlano con una certa aria di ridanciana superiorità, come di birichinate giovanili che si raccontano per raccontare, ma che in fondo non vale la pena, roba passata. Dei morti parlano come di figure di un film, apparse e andate, un lampo di fantasia quasi, apparizioni nella vita quotidiana, col senso di una ineluttabilità che li fa partecipi e compresi, con quelli d'allora, ma attenti e presenti agli affari e alla vita che ancora attende, che scorre, che macina.

Allora non c'era tanta televisione, e divertimenti, come dicono, meno ancora. Lo dicono, ma non so se sia vero del tutto, perché di certe cose che la gente ancora si affanna a cercare forse ce n'erano più di ora, e di osterie come quella dove andarono ce n'erano tante, anche in paesi piccoli come quelli. Non era proprio una casa regolare come quelle di città, tutte attrezzate allo scopo, divise in varie categorie per i differenti tipi di clientela, con le madame che invitavano a non fare flanella, e cose così. Erano semplici trattorie dove, oltre a mangiare, potevi avere qualcosa in più, e la cuoca si trasformava in amante, se avevi bocca buona per il cibo e il resto. Posti così, alla paesana, e quello era uno: una bettola anche per loro, ubriachi com'erano, ma non stavano tanto a guardare. Succedeva che uno apriva un'osteria, poi le cose, metti, non andavano per il verso giusto, vuoi perché la vita ti rimbussola e fai la fame dove un altro farebbe i soldi a palate, o vuoi perché la padrona quella vocazione ce l'aveva di suo e stare a pulire e a servire clienti in maniera ortodossa un po' meno.

Non saprei dire come aveva cominciato, "Madame" Fiorina, che s'era anche spostata e il marito, da come me lo ricordo uno lungo e magro e miope che da vecchio sembrava stare in piedi perché tiravano quattro arie, come si dice, era stato anche lui all'estero a lavorare, e probabilmente, da giovani giovani, si erano anche voluti bene o forse se ne volevano ancora a modo loro, chi lo sa. Ma lei aveva cominciato l'osteria, coi primi soldi di lui all'estero; poi forse lui era stato un po' di più fuori, e l'osteria andava così così e soldi a casa ne arrivavano pochi, e lei aveva pensato di mettere a frutto quella ghigna dura da mora toscana e quel culo a due piazze e quel seno che ancora adesso, da vecchia, inalbera sotto ai vestiti sgargianti che porta. Perché ora è vecchia, e lui se ne è andato da quel po' a far terra da castagno e lei, oggi, forse ha pensato bene di pentirsi in tempo ed è sempre in chiesa a tutte le messe e a tutte le benedizioni, ma un certo che di puttanesco nei modi e nei tratti ce lo ha ancora, al di là del trucco ancora violento e sgarbato, come se quei segni fossero stati una specie di malattia, un vaiolo morale, che lascia cicatrici indelebili. E lui, nel tempo di cui parliamo, era lì dentro, bello a non far niente o l'oste, che vuol poi dire asciugare un tavolo e portare un fiasco di vino, o l'acqua alle signore per lavarsi dopo, e viveva su quei soldi, che la moglie e le altre guadagnavano. Perché c'erano anche le altre, fisse o meno fisse che fossero, donne che un po' facevano quello che trovavano, come le pulizie per qualche villeggiante, d'estàte, ma non era facile; era più facile passare da quell'osteria ad aspettare di guadagnarsi quei soldi che gli uomini a fatica tiravano su di qua e di là.

Era, quel locale, sulla strada principale. Due battenti a scivolo chiudevano l'ingresso, ma ora che era aperto c'era solo una porta a vetri, come una credenza d'una volta, che invece di piatti e bicchieri e foto di parenti lontani mostrava carta colorata a chiudere da sguardi indiscreti, che a quell'ora sicuramente non c'erano.

C'era invece tanta neve, e tanta ne cadeva ancora, fuori, in quella notte senza luci attorno. Entrarono schiamazzando e battendo i piedi per liberarli dalla poltiglia, scrollandosi e urlando che avevano sete, e forse anche voglia di qualcos'altro. Dentro, il posto, che sembrava addormentato, si rianimò. La Fiorina e un'altra, la Tedesca, perché era nata là e quella lingua la parlava anche fluentemente, magra magra con le gambe secche e il culo stretto ma come spesso accade due gran tette a onorare il di sopra, erano a un tavolo a giocare a carte, un tressette di noia contro il marito e un'altra pensionante, la Bella Rita, bellina davvero, una morettina minuta ma tonda e soda dappertutto, da fare voglia. Ora è all'estero, si è sposata subito dopo la guerra. Aveva fatto più voglia, si vede, a un soldato americano che noncurante del mestiere se l'era voluta tutta per sé, e ora, se è ancora al mondo, è da qualche parte in Illinois.

In paese si è vista, dopo, solo per un matrimonio, e parlava già con l'accento straniero e tutti la guardavano a braccetto del marito, forse solo operaio ma allora si notava la differenza di possibilità, lei signora quasi elegante, almeno per quei posti, già diversa, e lui americano americano, e molti di quegli uomini si ricordavano la trascorsa intimità e rimpiangevano in silenzio quei tempi, e quelle donne sussurravano che, come si sa, le gran troie hanno gran fortuna; ma masticavano amaro.

Allora però quando i nostri entrarono erano tutti là; gettarono le carte e Berto, il marito, si alzò e andò a prendere un fiasco e i bicchieri, e sorrisi di benvenuto e falsa festa si aprirono sui visi di quelle donne.

«Qua, qua, che vi abbiamo portato un poco di allegria e di gioventù» disse Mezzonéccio afferrando il fiasco e distribuendolo in giro.

Gli uomini bevvero, le donne si lamentarono che loro il vino non lo bevevano, fuori pasto: «Voi bevete, e noi?» disse Fiorina. «Non si offre da bere a delle donne? Un cognac, o un'anisetta, un liquorino.»

«Avanti avanti,» fece Mezzonéccio «dai Berto, porta da bere a queste ragazze, quello che vogliono, che han sete.»

«E noi abbiamo fame, ma mica di coniglio o pollo, che quelli li abbiamo già in corpo!» disse Balòtta e ruttò, e tutti risero del riso degli ubriachi e anche le donne, che si eran sedute a fianco del gruppo.

Mezzonéccio cincischiava la Tedesca di sotto ai panni, e lei faceva la ritrosa: «Ó, cosa tocchi? Bevi no!»

«Son venuto per bere ma anche per toccare.»

«Guardare e non toccare!» disse la donna e rise.

«Ó, che gusto c'è, a non toccare. Fammene vedere una, dai.»

«Una cosa?» fece lei, fingendo di non capire.

«Ó, come una cosa? Se me ne fai vedere una, pago un altro giro.»

«Prima paga» fece lei, e Berto era già pronto con un altro fiasco e un altro giro di liquori.

«Ora ho pagato il mio debito, te paga il tuo» e tutti risero ancora, e la Tedesca, piano piano, con mossa da spogliarellista, d'istinto, prese a sbottonarsi.

Aveva un maglioncino di lana, di quelli che si chiamavano rebecca, e sotto una camicetta. Si sbottonò rapidamente il maglioncino poi, lentamente, a uno a uno, si slacciò quelli della camicia, e apparve un reggiseno stretto da cui fuoriuscivano le due tonde palle del seno. Gli uomini guardavano eccitati e anche le donne, in silenzio ora, erano prese dal gioco.

«Dai dai, faccela vedere, no?» disse Mezzonéccio, e mandò giù un bicchiere intero di quel vino toscano.

La tedesca con una mano si frugò in seno, andò in fondo e tirò fuori ed emerse una sfera grande, di latte, segnata appena dalle vene, con un'areola ovale e scura e il capezzolo che si indurì subito, a contatto dell'aria relativamente più fredda. Tutti stavano a guardare.

«Questa sì che è una tetta, cari signori,» disse

Mezzonéccio filosofico «e si fa anche dare del voi, ma ora per vedere quell'altra bisogna pagare un po' di più, penso» e la prese per una mano mentre lei si rimetteva tutto dentro e sparirono verso la scala, dove, al piano di sopra, c'erano due stanzette messe a disposizione dei clienti.

«Dove va uno va l'altro, come farla in compagnia» e Libero prese la Bella Rita e con una manata di dietro la sospinse verso le scale.

«Giù le mani,» fece lei «un po' di garbo con le signore.»

«Signore, signore,» fece Libero «di signore ne ho conosciute in Francia, e te saresti una signora, con questo culo?»

Ma la Bella Rita rise: «Certo che sono una signora, te lo farò vedere, un giorno, se lo sono o no» e sparirono.»

Ragazzi sbrigatevi» urlò dietro Balòtta «ché il primo che finisce vado su io!» e bevve. Berto, senza quasi che nessuno se ne accorgesse, prese e silenziosamente scomparve.

La Fiorina era una che non cercava tanto, da pigra com'era, lei gestiva il locale e se la volevano bene, se no amen, ma quella sera aveva già bevuto qualcosa, in più quei due liquori mandati giù in fretta l'avevano scaldata; quasi per gioco cominciò a provocare i due rimasti, e si fece naturalmente dal più belloccio, Emìdio, che un po' era schizzinoso di suo e lì dentro non ne aveva voglia, un po' aveva bevuto tanto e sonnecchiava, a gomiti sul tavolo col bicchiere davanti.

Gli si fece vicino, da femmina: «E te,» disse «non ne hai voglia stasera? Eppure ci sei già venuto, qua.»

«Fiorina lasciami stare che non è aria» disse Emìdio.

«Ó, come?» gli fece lei. «Le tratti così, te, le donne? Cosa sei diventato, non ti piacciono più?» e gli si fece più accosto e gli carezzava la coscia, piano.

«Attenta a non scaldarlo troppo, che s'infiamma anche lui.» Balòtta ridendo si versò da bere. «Dai scaldalo che mi scaldo anch'io» aggiunse, e poi: «Quanto ci mettono quelli lassù? Scommetto un fiasco che non ce la fai a portarlo di sopra prima che uno scenda».

«Non ce la faccio io? Te pensa ai fatti tuoi!» e Fiorina prese una mano a Emìdio e se la mise fra le cosce.

«Via Fiorina, t'ho detto che non è aria, stasera» disse l'uomo, ma sentì dentro improvviso qualcosa che gli formicolava, lo tentava.

La donna aveva una strana commistione di profumo da poco e di sudore che lo respingevano, e per il troppo vino bevuto ebbe improvvisa una boccata acida, ma aveva anche vent'anni, e sentirsi vicino quella donna dalle forme piene lo risvegliava, anche se non aveva voglia di salire le scale, di spogliarsi a mezzo, perché con quel freddo che c'era non si spogliava nessuno, lo sapeva, erano botte veloci da pochi minuti e via, ma lei gli si strusciava da presso e sentì la voglia di quella donna, repentina e violenta.

«Lasciami stare va' là, per favore, non vedi che sono cotto» disse tanto per dire, ma lei gli prese l'altra mano e se la mise in seno, e lui sentì quella gran quantità di carne calda che c'era.

In quel momento scese Libero: «C'è su la Bella Rita che aspetta, ha detto che non aspetta per molto. Io l'ho scaldata, ma ha detto che se la fate aspettare poi si raffredda».

«Vai vai che corro,» rise Balòtta «e sta' attento a Emìdio che stasera ha dei problemi. Io c'ho scommesso un fiasco» e andò.

«Come un fiasco?» fece Libero ancor più intontito, e si versò da bere.

«Bevi, bevi te, e non ti interessare degli affari degli altri» disse la Fiorina, e toccò Emìdio più intimamente.

«Ó, porco cane,» fece lui «dai e dai si muovono anche i monti» e si alzò in piedi. «Ma dove andiamo, che su è tutto occupato?»

«Vieni qua» fece la Fiorina «che vedrai un posto lo troviamo.» Lo trascinò con sé, verso la cucina, dove, in un angolo, c'erano due sacchi di farina, uno sopra l'altro. Gli si appoggiò contro e alzò le sottane: «Dai, vieni qua che si sta anche più caldi».

«Ó, proprio qua?» disse Emìdio, ma già provava la cintura.

Poco dopo Mezzonéccio scese, e fece per entrare nella sala comune ma vide con la coda dell'occhio un movimento curioso in cucina: «Ó, cosa c'è?» disse. Si fermò per guardare, ma un giramento di testa improvviso e un rigurgito lo inchiodarono contro il muro e dovette appoggiarsi: «Boia,» esclamò «dev'essere stato il freddo, non lo reggo proprio». Poi gli passò e guardò quello che prima aveva solo intravisto, e vide qualcuno, a braghe calate, che si agitava contro due sacchi: «Va' va' Emìdio,» disse «ó, porco cane! Ragazzi venite a vedere Emìdio che si dà da fare anche lui!».

La Fiorina lo investì di male parole e, staccandosi dall'uomo che ormai aveva finito, cercò qualcosa da tirare dietro all'intruso.

Erano di nuovo tutti lì, attorno. «Ó, come,» fece Balòtta «noi ti si lascia un bravo ragazzo e te lo corrompi? Ó, che roba è?»

Ma Fiorina non era di quelle donne che stanno allo scherzo, tutti ridevano ma lei cominciò a urlare e a inveire: «Figli di cani, cos'è 'sta confusione nel mio locale? Anche quelle lì a ridere, belline! Ora pagate poi fuori tutti, il vino, i liquori e il resto, pagate, e subito, poi fuori, fuori, capito?!».

«Porco cane,» fece Libero ridendo «ci conviene fare subito come dice lei se no le buschiamo anche, stanotte. Dai dai, che salutiamo!»

Pagarono in fretta, e uscirono.

10

Si ritrovarono di nuovo tutti fuori. Non nevicava più, ma ce n'era tanta della neve attorno, per strada sugli alberi e sui tetti.

«Ora cosa si fa?» fece uno.

«Cosa si fa?» fece Emìdio che era sfatto. «Ora cosa si fa, domanda! Adesso si va a letto, che dev'essere ormai ora.»

«A letto?» Balòtta tentennò un momento e si appoggiò al muro. «Andare a letto ora è come essere neanche usciti di casa. Andiamo dal toscano a farci l'ultimo giro. Poi, si va a letto!»

«Ó, perdio, vado a letto a costo d'andarci da solo» disse Emìdio.

«Dai dai, che ha ragione Balòtta» Mezzonéccio prese Emìdio sotto braccio. «Si va dal toscano a farci il caffè, che non l'abbiamo ancora bevuto. Poi prendiamo la strada e andiamo a casa.»

«Ma sarà ancora aperto?» Emìdio era poco convinto. «A quest'ora?»

«Aperto, aperto... se è chiuso si fa aprire. Solo per

un caffè, poi andiamo, vai, che domattina mi devo anche alzare.»

Dal toscano era il posto più sordido e buio, una bettolaccia per disperati. Aveva l'osteria perché così beveva gratis, e beveva più di quanto bevessero gli avventori. Aveva già chiuso, ma dormiva su un lettaccio, in una saletta vicino all'ingresso, e quando quelli arrivarono era tutto già chiuso, ma fecero un frastuono tale che si alzò, vestito di sopra e in mutande lunghe di sotto.

«Ó, cosa c'è?» chiese con voce arrochita. «Casca il mondo?» e bestemmiò.

«Via toscano sta' buono, facci un pentolino di caffè, che poi andiamo a letto» disse uno.

«Il caffè? Ma che ore sono?»

«Ó, chi lo sa, è presto dai.»

«È presto la...» e qui sparò di nuovo una gran serie di bestemmie, ma andò verso la cucina. «Tra poco è pronto» disse tornando.

«Si beve un anice che ci rimette a posto lo stomaco?» fece Libero.

«Un anice? Per l'amor di dio, ci manca anche quella, ora!» Emìdio non ne poteva proprio più.

«Te bevi verodìo» disse Libero. «Vuoi fare la bella passera con noi? Qua l'anice, toscano, che un bicchierino lo beve anche lui» e brancarono Emìdio.

«Via via ragazzi,» fece lui «un anice nel caffè la bevo, dai!»

Intanto il toscano era arrivatro col caffè, melmoso e dubbio, ma caldo, almeno. Ci versarono dentro l'anice e bevvero.

«Ci voleva proprio, eh ragazzi?» Mezzonéccio lo sorseggiò, mise la testa indietro, e cominciò a cantare.

11

Cantavano ancora, quando uscirono, e ora cantava anche Balòtta perché nessuno degli altri ci faceva più caso, alle sue stonate. Erano tutti ubriachi persi. L'intera notte la neve era caduta, disponendosi, portata dal vento di rovaio, o tramontana, a mucchi ineguali e bianchi lungo la strada e dappertutto. Ma oramai non nevicava più, anche se era ugualmente difficile camminare, in mezzo a tutta quella grande massa bagnata e compatta. L'oste dell'ultimo posto aveva prestato loro una lanterna, di quelle a petrolio, che solo per accenderla ci avevano messo mezz'ora, di fiammiferi e buona volontà e bestemmie, e uno la teneva in mano, alta, e provava a illuminare la strada, o quello che avevano davanti, ma illuminava soltanto il suo braccio destro, il petto e un poco della sua faccia.

Comunque nessuno si lamentava, alzavano il piede d'istinto e lo affondavano pesante, ondeggianti e abbracciati e canterini, e il canto si disperdeva lungo i fianchi della montagna. Il portatore della lampada la teneva alta, e quel lume buttava brevi lampi di luce di qua e di là, lungo il percorso, ma non vedevano niente, solo neve, però si fidavano perché la strada la conoscevano, tanto bisognava andare in là, per arrivare a casa, e andavano. Il primo canto si perse naturalmente, facevano fatica a camminare, poi uno, d'istinto come improvvisamente si canticchia al buio, cominciò di nuovo, forse Mezzonéccio, col Maggio che andava a cantare la sera dell'ultimo d'aprile, canto ormai senza ricordo delle tradizioni più antiche della notte dei tempi, delle feste di primavera e rinascita; e quel Maggio, che parlava di foglie che tornavano e di uccelli che volavano e della primavera di nuovo lì, e di ragazze belle e giovani che li aspettavano, suonava strano e quasi disperato in mezzo a tutta quella neve, quasi un desiderio che tornasse l'aria tiepida e nei boschi rifiorissero le primule e l'epàtica, inizio della stagione nuova e del nuovo vivere. Ma quel canto lo conoscevano un poco tutti, e tutti a gola spiegata andarono dietro al solista che ogni tanto si fermava, col dito indice alzato e il braccio un poco piegato quasi a sottolineare i passaggi, e gli altri ripetevano i versi finali. Tanto potevano cantare a squarciagola quanto volevano, non c'era nessuno attorno, solo la strada innevata e il fiume che scorreva di sotto a destra e i boschi fitti di neve nei fossi mugghianti acqua o inchiodati dal gelo; anche gli animali tacevano, o in letargo o avevano già finito il giro d'ispezione e di caccia perché l'alba stava per arrivare, e forse una volpe al rientro nella tana alzò il muso ad annusare un momento quella strana manifestazione non codificata dell'eterno nemico, l'uomo, ma, non capendo, affrettò il salto dentro il buco, a pancia vuota.

Cantavano e andavano. Poi, improvvisamente, uno si inciampò nella neve alta e fonda e cadde, e abbracciati com'erano trascinò tutti gli altri nella caduta, anche la lampada volò per aria, fece un arco di luce nella notte poi sprofondò in mezzo da qualche parte e si spense.

Cominciarono a ridere e a bestemmiare, in quel buio fitto di caligine nera che li circondava, e uno a gattoni cercava di rialzarsi e poi ridendo ricadeva giù e un altro, già in piedi, cercava di tirarne su uno poi tutti e due per terra di nuovo, sempre ridendo, piegati in due in un accesso folle di risa, bagnati sì ma con un caldo dentro che se fossero rimasti lì addormentati non gli sarebbe successo niente, come agli ubriachi di certe leggende, e li avrebbero trovati la mattina dopo, sani, con tutta la neve sciolta attorno. Ma, a poco a poco, cercando di asciugarsi la faccia, bagnata di neve e di lacrime da riso, e i vestiti inzuppati a manate convinte, riuscirono ad alzarsi e a ricomporsi; e di nuovo abbracciati, in bella fila partirono.

Solo che partirono dalla parte sbagliata, erano arrivati quasi a metà percorso e invece di continuare dritto andarono indietro, da dove erano partiti.

Non osservarono che il fiume era alla loro sinistra, pieni di alcol ingurgitato tutta la notte non si accorsero nemmeno che la neve era già stata calpestata. Solo uno disse: «È già passato qualcuno, ha già fatto la rótta» e infatti la neve era tutta pesticciata.

«Quanta gente c'è in giro di notte» osservò un altro.

«Già!» commentò un terzo, e aggiungere altro gli sarebbe costato più che fatica.

Un debole chiarore proveniva dalla loro sinistra, ma l'oriente, tornando, avrebbe dovuto essere sulla loro destra. Non cantavano più, la stanchezza ormai si faceva sentire, avevano solo voglia di arrivare a casa, togliersi la roba bagnata e infilarsi a letto, sperando che il "prete", una qualche donna di casa lo aveva messo sicuramente, conservasse un poco del tepore, o anche solo sperando nella differenza termica fra quel mondo buio e bagnato e le asciutte pareti della loro camera.

Ormai, anche se debole e incerto, in quel mondo ormai non più buio ma appena appena lattiginoso, il giorno cominciava ad arrivare. E arrivarono anche loro, sfatti di sonno, ubriachi a piovere, abbracciati, ma alle prime luci che il giorno seminava attorno videro quello che nessuno avrebbe mai immaginato di vedere, quello che in teoria non avrebbero dovuto vedere. Avevano camminato per ore, sembrava, ed erano ancora là, in quel paese maledetto da cui, a buio fondo, erano partiti. Roba da non capire più niente. Si fermarono un istante attoniti, a guardarlo.

Dopo un po' uno disse: «Ragazzi, non so com'è, non ci capisco proprio niente. È tutta la notte che si cammina, e siamo ancora quassù».

Rimasero zitti e fermi, abbracciati, a meditare su quello che il loro compagno aveva detto, quella verità così banale e così inquietante.

Poi uno disse: «Ó, ragazzi! Non sarà perché si è un po' bevuti?!».

«Bevuti? Ó, cosa si è bevuto?» disse un altro, quasi scandalizzato. «To', si è stati da Vittorio e si è bevuto...»

«All'appalto, all'appalto,» fece Emìdio «prima di partire un fiasco ce lo siamo fatto all'appalto.»

«Be', quel fiasco lì, un fiasco in tanti» disse quello che non ci credeva, a tutto quello che avevano bevuto. «È che ne abbiamo bevuto un altro, prima di partire, e fan due.» S'intravvedeva lassù una luce strana, un pallido sole che non era neanche sole, una luce ambigua che percorreva il cielo ma non ce la faceva a sbucare, a illuminare, e loro lì a contare le bevute. «Da Vittorio due fiaschi appena entrati...»

«Con la polenta» fece Mezzonéccio.

«No con la polenta,» rispose Balòtta «con le acciughe. Ce n'era un paio, sulla tavola. Con la polenta ne abbiamo chiamato un altro.»

«E dopo, col coniglio?» chiese uno. «Non ne abbiamo chiamato un altro ancora?»

«Ó, uno solo» fece Mezzonéccio. «A me sembran due, ma ricordo che l'abbiamo lasciato lì mezzo.»

Libero non riusciva a tenere il conto. «Poi non abbiamo bevuto niente, col formaggio?».

«Quello di prima,» fece Mezzonéccio «ricordo bene che col formaggio mezzo fiasco l'abbiamo lasciato lì. E poi è arrivato il dolce.»

«Col dolce è arrivato il vin santo, un fiasco, ecco perché l'abbiam lasciato lì quell'altro» fece Balòtta.

«Il vin santo ragazzi frega» disse Emìdio pensoso. Parlando e contando stavano avviandosi verso casa.

«E la grappa dopo no?» disse Balòtta. «Un bottiglione quasi ne abbiam bevuto. Ma dopo siamo andati dalla Fiorina, e lì è venuto un altro fiasco, poi...» non riuscì a continuare, non riusciva a tenere il conto di tutto quello che avevano mandato giù.

«Ragazzi siamo matti» disse Emìdio.

«Eh be', o matti o no...» rispose uno.

«Ora la troveremo, la strada di casa?» si sentì dire.

La sbornia stava a poco a poco passando, ma era arrivata la grande stanchezza di tutta quella notte. Senza dire più niente tornarono ad abbracciarsi e andarono, ognuno verso casa, ognuno, inconsapevole come tutti noi, verso la propria sorte.

IL RITORNO

1

Era da un pezzo che non capitavo in paese, da tanto tempo che non ricordavo più quando c'ero stato l'ultima volta. In quella fine d'agosto, con settembre alle porte, avendo un breve periodo di giorni a disposizione, mi era passato per la testa il desiderio di ritornarci.

Un po' per curiosità, di vedere come e se quel posto era cambiato, in meglio o in peggio, ma soprattutto un po' per la nostalgia di periodi là trascorsi, in piena leggerezza giovanile di doveri e di libertà, prima che i casi della vita mi avessero spedito per il mondo. Nostalgia di vecchi tempi, di vecchi amici coi quali avevo condiviso giorni di spensieratezza e di relative piccole grandi ribalderie, che chiamavamo zingarate, in ricordo dei personaggi di un film che ci era piaciuto molto. Come i gitani di certe canzoni, senza doveri, senza preoccupazioni.

Così, dopo essermi accomodato in un dignitoso B&B (che non esisteva ancora nei tempi andati di cui parlo) verso le cinque del pomeriggio, l'ora canonica in cui di solito i vecchi amici di allora si radunavano al bar per fare la partita, li avevo preceduti e mi ero recato in quel bar, punto di partenza di tante nostre avventure.

La piazzetta era la solita, semicircolare, circondata da un basso muretto, con qualche pianta di giovani platani (chi li aveva piantati?) che si ergevano qua e là sbucando da un'aiuola che spezzava il pavimento di terreno asfaltato. Sotto alle piante erano piazzati tavolini e seggiole. Poco lontano, verso l'edificio della chiesa parrocchiale (una brutta e modesta costruzione del tardo Ottocento), due bambinetti ruzzavano in bicicletta simulando, con una cartolina assicurata ai raggi di una ruota con una molletta da bucato, una gara di motociclette, urlando di gioia infantile. Ma erano i soli presenti, perché attorno stagnava un silenzio diverso dal vociare di anni prima: chiacchericcio di più bambini e di gente che oziava ai tavolini (ora deserti) o passeggiava sul sagrato.

Anche il bar era cambiato, rimodernato, luccicante di neon, di cromi e di specchi. Al bancone c'era un giovane a me sconosciuto. Provai a rintracciare dalle sue fattezze un'eventuale ascendenza, cercando di indovinare chi fossero stati suo padre o sua madre, ma non ravvisai nessuno.

Mi era venuta voglia di un gin tonic e lo chiesi, ma dallo sguardo sconcertato del giovane capii che era inutile insistere: «Un gin cosa?» disse spalancando gli occhi.

Non volevo fare la figura del sofistico appena arrivato, e sapevo come sarebbe corsa la voce in paese: «Ce l'hai un Martini rosso? Sì? Ecco, dammelo con un po' di acqua minerale gasata. Fredda» e mi sedetti a un tavolino fuori, all'aperto, aspettando che qualcuno della vecchia banda si facesse vivo.

Dopo un po' lo vidi arrivare, con passo ancora elastico, nonostante non fosse più il ragazzo di una volta. Aveva qualche filo grigio nei capelli, e la corta barbetta, che un tempo non aveva, era striata di bianco. Era, fra tutti gli amici di allora, quello che conoscevo meno. Non era infatti nato in paese, ma veniva da un altro posto, a quanto ne sapevo, distante una trentina di chilometri. Mi squadrò e: «Guarda chi c'è, chi si rivede» disse. «Cosa sei tornato a fare da queste parti? Sei in ferie?»

Tutte le volte la stessa domanda, e io non sto più a spiegare che un libero professionista non va in ferie, ma si prende una vacanza. «A me le ferie non le dà nessuno» avrei voluto dire. Ma feci di sì con la testa.

«Ho un po' di tempo a disposizione» dissi «e mi è venuta voglia di ritornare a controllare come butta da queste parti. Caro Mario, come siete messi?»

Sospirò: «Come siamo messi? Male, siamo messi. Non lo vedi? Non c'è più nessuno, a quest'ora i tavoli della partita erano anche due, ma adesso, guardati in giro... non posso giocare da solo».

«Ma gli altri, che fine hanno fatto? Ricordo una

bella banda di persone, Rino, Mauro; tu Mario, per primo. Poi il più matto di tutti, Graziano. Che terra toccano?»

«Una brutta terra. Proprio Graziano se n'è andato due mesi fa. Il cuore.»

«Accidenti, mi dispiace. Era stato lui a dirmi di venire a una cena, quella cena in quel paese là, come si chiamava, non ricordo.»

«C'ero anch'io. Andammo a La Rosta.»

«Sì, La Rosta. Andammo a mangiare la minestra nei fagioli con le cotiche, una loro specialità, mi disse Graziano. Ma gli altri, di quella cena?»

«Eh, caro mio, se ne sono andati tutti. Rino di tumore al fegato, dissero, ma era poi cirrosi... con quello che beveva. Graziano te l'ho detto; Mauro l'ha preso un non so bene cosa alle gambe, non si reggeva in piedi. È andato all'ospedale, e lì è durato poco. È peggiorato, e poi ciao. Della banda di quella cena ci sono rimasto solo io.»

«E ci sono rimasto anch'io» dissi. «E me la ricordo tutta.»

2

Al bar c'erano già tutti, Rino Mauro e Mario, in mezzo ad altra gente che non conoscevo. Mi avevano accolto con calore facendomi festa, e con la solita domanda: «Sei in ferie?».

Per festeggiare il mio ritorno offrii da bere, un brandy o un whisky, e Rino si fece serio: «Scusami ma quella roba lì non la bevo» disse, e per sottolineare il rifiuto si piegò all'indietro alzando il braccio destro e stava perdendo l'equilibrio. «No merlo, bevo un altro bicchiere di vino, volentieri.»

Mario mi si avvicinò, parlandomi sottovoce: «Vacci piano,» fece «lo vedi, tra un po' si ribalta, è già tondo».

«E Graziano, dov'è Graziano?» chiesi.

«Adesso arriva anche lui. To', eccolo!» e Graziano si presentò gloriosamente su un vecchio «Galletto», arrivando fin sulla piazzetta del bar in mezzo a tutta la gente, scoppiettando sul suo scooter.

Aveva una camicia militare aperta su una pancia appena prominente e un paio di pantaloni da tuta mimetica, di quelli venduti alle bancarelle del mercato. Ai piedi un paio di sandali con regolari calzini. Spense il motore e salutò tutti: «La buonasera a chi ci vuole bene» urlò.

«Senti che landra» gli fece Mauro «quand'è che lo butti nei ferrivecchi quel trabiccolo? Ha più anni lui di tuo nonno. E senti che puzza, va a calzini sporchi?»

«Ignoranti! Questo non è un motorino, è un gioiello. Guarda solo la bellezza della ruota, la perfezione del motore. Più bello di così non ce n'è. È che siete invidiosi. Se state buoni ve ne faccio vedere un altro po'». Mi scorse: «Va' chi c'è! Chi non muore si rivede,» disse «'gni tanto ti ricordi del tuo paese. Ti hanno già invitato? Noi si va a fare baracca stasera, si va a mangiare... la solita zingarata, vieni con noi?».

«E cosa offre il convento?»

«Minestra nei fagioli con le cotiche, e il secondo da gran sorpresa.»

«Con le cotiche? Una cena leggera» osservai.

«Leggera o pesante, è ma buona. Non stare a fare il sofistico.»

Un ragazzotto di poco più di vent'anni che, mi dissero, lavorava all'Enel e per questo era chiamato Lucciola, l'apostrofò: «Quasi quasi vengo anch'io» gli disse.

Graziano lo guardò: «Te quasi quasi stai a casa. Nessuno ti ha invitato».

«Ma fino a prova contraria siamo in un paese

libero. Se voglio venire anch'io nessuno me lo può impedire.»

«Proprio perché siamo in un paese libero te lo impedisco io. Voi democristiani volete infilarvi dappertutto a mangiare. Te stai a casa come è verodio.»

Il ragazzo lo guardò sfidandolo: «Te sei proprio un poveretto. Non vorrei avere la tua miseria».

Graziano rise: «Son convinto, ce n'hai abbastanza della tua. Accidenti a te e a tutti i democristiani di questo mondo».

Graziano era un vecchio comunista, e lo era rimasto anche nei tempi in cui i due partiti non erano più quelli di un tempo.

Si ricordavano ancora, in paese, di quando, poco prima delle ultime elezioni politiche in cui le due fazioni eran ancora vive, i democristiani, non si sa ancora come, erano riusciti a scalare una ripida scarpata che si trovava sul fianco destro della ferrovia che passava un po' più a valle. C'era una grande e lucida lastra di arenaria sulla quale una mano ignota aveva scritto, a caratteri cubitali, «Vota DC». Graziano si era fatto calare dal bosco di quercioli sovrastante, con una grossa corda legata sotto le ascelle, imbottite, per evitare il più possibile la frizione, in maniera però parziale e raffazzonata. La corda era stata fissata, per sicurezza, al tronco di un albero. La discesa sulla spianata della pietra era sostenuta da due forzuti dello stesso partito. Calato a poco a poco, a forza di braccia, cercando coi piedi fessure per puntellarsi e in qualche modo trovare un sostegno mentre la corda gli segava le ascelle, con un secchio di vernice bianca e un pennello, anche quelli fatti arrivare per mezzo di un'altra corda, era riuscito a vergare di sotto alla scritta precedente: «Per la fame». Dopo l'impresa era rimasto a letto tre giorni con la febbre.

Ma quel pomeriggio non si ricordava più dell'impresa, aveva solo voglia di partire e di andare a mangiare la sua minestra nei fagioli con le cotiche.

«Allora, cosa stiamo qui ad aspettare. Si va?»

Mauro si fece avanti: «Siamo in cinque, ci stiamo nella mia macchina».

«Allora dai che andiamo, che la minestra è già calda.»

Mi misi di fianco al guidatore, con gli altri tre stretti sul sedile posteriore.

«L'hai trattato male quel povero Lucciola» disse Mauro.

«Te lo difendi perché sei un democristiano anche te. Sporcaccioni, ladri, ma vi conosco, vergognatevi!»

Mauro rise: «Senti chi parla, il compagno che ha fiducia nella Russia. Ricordati di quando avevi fatto un contratto con quella società di arnesi meccanici che venivano proprio da là, dal tuo paradiso. Mi vendesti un attrezzo che funzionò solo una settimana... e saremmo noi i ladri».

Graziano non si scompose: «Con quello che lo

avevi pagato, avresti anche preteso che funzionasse?» rispose.

«Basta con 'ste menate!» Mario interloquì. «Guardate giù, ragazzi, c'è il vecchio campetto di calcio di quei testoni dei nostri vicini di paese».

Non si riconosceva un campetto di calcio, se non quello che era rimasto di una porta, due pali sormontati da una traversa che sembravano ciò che restava di una forca. Era solo una spianatina inerbita, qua e là chiazzata come di gialle macchie lebbrose dove l'erba era scomparsa, mangiata dalla siccità estiva, di fianco al greto del fiume.

«Hanno scelto proprio un bel posto per fare un campo da calcio» dissi.

«Ó indove vuoi che lo facessero, 'sto paese è tutto un grótto, l'unica spianata era quella di fianco al fiume. Ma sai perché l'hanno fatto? Perché noi l'avevamo già da due anni, il nostro campo. E a monte han dovuto fare delle mine che tra un po' venivan giù quelle tre case di sopra».

«Noi il campo l'abbiamo ancora, e ci sono anche le docce e l'illuminazione notturna.»

«Sì, per esserci c'è, ma non ci gioca più nessuno. Adesso, all'ultimo torneo... di quanti anni fa? Dieci, quindici? Avevano le maglie tutte uguali e le scarpette da calcio regolari, coi tacchetti sotto...»

«Sée, i tacchetti sotto, non sapevamo neanche cosa fossero. E c'erano dei palloni che bisognava gonfiare la camera d'aria dentro, te lo ricordi? Con una pompa da bicicletta che finiva con un ago come quello per fare le punture, ed era legato con dei legacci di cuoio che, se ci davi di testa, te la spaccavi»

«Ma che partite erano?» domandai. «Qualcosa ricordo, ma non del tutto.»

«Partite? Erano battaglie, di più, guerre, soprattutto quelle fra noi e quei testoni dei nostri vicini di paese. Certi calci nelle gambe, è che non avevamo le scarpette, erano scarponi da inverno, quelli con le bollette sulle suole, pesavano mezzo quintale l'uno. E certe scazzottate! Era difficile finire una partita, e se il pallone finiva fuori, nel fiume, addio che t'amavo!»

«Ma c'è ancora la rivalità che c'era allora fra noi e quei testoni?»

«No, oggi non più, solo un po', forse per ricordo. È che oggi non c'è più nessuno, né di qua, né di là, non c'è più gente. Ma quando si andava a ballare, la domenica sera d'inverno, alla loro Pro loco (noi avevamo la pista in estate ma la sala all'inverno ce l'avevano solo loro), anche lì certe volte si finiva a cazzotti. Dicevano che volevamo fregarci le loro donne. Le donne dei testoni, immaginati! Non le avrei toccate neanche con le molle.»

«E me, neanche con la lima da ferro» chiosò Mauro. Graziano rimase pensoso.

Rino si intromise: «Però ci andavi a ballare, ci andavo anch'io. Ogni tanto ci vado ancora a giocare a carte, al loro bar, e non c'è antipatia. Io poi non ho mai giocato al pallone».

Rino non aveva il fisico per giocare al pallone, ma per giocare a carte e ballare, quegli sport, chiamiamoli così, gli piacevano di più. A carte era un campione, ma soprattutto gli piaceva frullare di valzer e mazurca sulle piste irrorate di borotalco per far scivolare meglio i ballerini.

«Te stavi in negozio a cucire, avevi ben il tempo o la voglia di giocare al pallone! Ma là, dai testoni giochi con le nostre o con le toscane?»

«Con tutte e due, ma preferisco le nostre.»

3

Rino era sarto. Aveva cominciato da ragazzo con la sorella, che faceva lavoretti di sartoria, in casa, per arrotondare; sistemava una sottana, un paio di pantaloni, rimetteva l'elastico a un pigiama, piccole cose così.

Rino a poco a poco aveva quasi imparato a tenere forbici e ago in mano. Poi da militare, negli alpini, quella relativa abilità che aveva messo assieme gli era stata utile per accattivarsi la simpatia di colleghi, sottufficiali e ufficiali. Gli risparmiò noiose e faticose corvè e scherzi e abusi degli anziani.

Una volta congedato decise che fare il sarto sarebbe stato il suo mestiere; che altro avrebbe potuto fare nella vita in quel paese povero d'Appennino, lui che non aveva mai preso una zappa o un altro attrezzo in mano. Si iscrisse a una scuola di sartoria di Milano e ne uscì diplomato, con regolare documento oleografico appeso in laboratorio, un quadro che attestava la sua raggiunta abilità nel taglio e nel cucito.

I diplomi di laurea in medicina, materie letterarie o ingegneria sono quadri di estrema sobrietà, recanti l'intestazione dell'Ateneo, dichiarazioni a caratteri di stampa modesti (al massimo in caratteri gotici) e qualche firma di illustri docenti ad attestare la validità e l'importanza del documento. Quelli invece di Scuole come appunto quelle di Taglio e Cucito (ma anche, volendo, di Stenodattilografia o di Enigmistica e Cruciverba), devono rimarcare la loro importanza con raffigurazioni di turrite dame stile liberty a rappresentare forse l'Italia, o Rapso, ninfa o dea del cucire, vestita di ampie vesti a parzialmente velare un seno gravido e opimo. Lo sguardo fisso all'orizzonte, a scrutare, forse, i gloriosi destini della Sartoria Nazionale (o la Stenodattilografia o l'Enigmistica). Segue, di solito, una panoplia di medaglie conquistate dalla Scuola stessa in qualche Fiera o Esposizione Universale, e millanta firme di illustri e sconosciuti maestri delle forbici (o della Stenodattilografia o dell'Enigmistica).

Gli inizi lavorativi di Rino erano stati prodigiosi. Un sarto giovane, di una certa abilità, attento alla moda, anche se provinciale e montanara, ma sempre più all'avanguardia di certi colleghi ormai anziani e legati al passato. Faceva continuamente vestiti nuovi, quelli che si indossavano il giorno di Pasqua, o qualche abito maschile per un matrimonio; era ricercato non solo in paese ma aveva la clientela sparsa un po' in tutta questa zona d'Appennino. Aveva assunto dei lavoranti, e il suo laboratorio era diventato un centro per incontri di sfaccendati e di pettegolezzi, con lui seduto sul bancone, a gambe incrociate, la radio accesa a trasmettere canzonette, la sigaretta in bocca o appoggiata sul legno a lasciare la traccia della combustione con un segno indelebile.

E quella sera era ancora in periodo di piena attività, anche se si era già fatto, come dicevano, qualche bussolotto, in un periodo in cui non beveva quasi più nessuno. «Mangiando, un bicchiere di vino ci vuole, ma poi basta!» dicevano. Lui era un po' diverso, gli piaceva bere anche fuori pasto e se ne andava, con gli amici, a mangiarsi pasta nei fagioli, con quell'ultima leccornia, quell'aggiunta, le cotiche.

Perché non era la fame, quella di un tempo, che li spingeva. Non era la cena dei loro padri, dei loro nonni, ma uno sfizio, una golosità, come una ciliegina su una torta: pasta nei fagioli, sì, ma con le cotiche.

4

«Quanto c'è ancora?» chiesi.

«Tra un po' arriviamo» rispose Graziano.

«Ma in questa sperduta località, come si chiama... La Rosta, che d'inverno non ci sarà un'anima, hanno aperto una trattoria?»

«Macché trattoria, è una Pro loco che funziona solo d'estate per quei pochi che ritornano a passare le ferie. Io conosco la cuoca che ci farà da mangiare, mi sono messo d'accordo con lei» disse Graziano.

«Sée! Conosce la cuoca... eccome se la conosce!» sogghignò Mario.

«Te fatti i fatti tuoi. Come si diceva al tempo del fascismo: "Mangia e taci!"»

Nel frattempo erano arrivati in paese, un grazioso paese di montagna, che lasciava indovinare una vita, un tempo, più intensa e vivace ma che aveva, però, diverse tracce di abbandono. Parecchie case con le imposte chiuse, molti cartelli di «Vendesi» appesi ai muri. L'estate stava finendo e tutto stava ritornando al solito abbandono autunnale.

Fermarono la macchina davanti all'unico locale

illuminato ed entrarono. Li accolse un'ampia sala, con un banco da bar sullo sfondo, dietro al quale un uomo di mezza età stava pulendo e riponendo bicchieri. Il resto della sala era gremito di tavolini e di sedie accostate.

«Siete qua per la gara di briscola?» chiese. «Arrivate molto in anticipo.»

«No, siamo qui per la mangiata.»

«Allora andate pure di là.»

Graziano fece strada, come se conoscesse bene quel posto. C'era una saletta di media grandezza, la tavola apparecchiata con piatti e posate, e un fiasco di vino al centro.

Da una porta laterale occhieggiò una giovane ragazza: «Ó, siete già arrivati? Accomodatevi pure, tra poco è pronto».

Graziano chiese: «Non c'è la Floriana?».

«Sta facendo da mangiare» rispose la ragazza, e sparì in quella che presumibilmente era la cucina.

Si sedettero. Rino si versò un bicchiere di vino. Lo sorseggiò facendolo sciagottare in bocca: «È un buon bicchiere» disse, da esperto. Gli altri lo imitarono.

Riapparve la ragazza che reggeva una grande zuppiera di metallo e un mestolo. Appoggiò il tutto sul tavolo e: «Servitevi pure» disse. «Buon apppetito.»

Graziano afferrò il mestolo: «Date qua, faccio le parti io» e cominciò a riempire i piatti.

Seguì il rumore acciottolante dei cucchiai contro i piatti, e ogni tanto il soffiare dei commensali sulla minestra bollente.

«È ancora troppo calda, scotta» disse Mauro.

«Per forza, è stata sul fuoco fino ad ora, te sei ingordo come tutti i democristiani, aspetta un po' e vedrai che riesci a mangiarla» chiosò Graziano.

Seguì il silenzio, interrotto solo da mugolii di soddisfazione. Presto finirono il piatto.

«Ce n'è ancora?» chiese Mauro.

«Madonna come mangiano 'sti democristiani.» Graziano rise: «Vieni, vieni qui che ti servo io, noi proletari al servizio dei padroni, come sempre!» e lo servì.

«Sta' mò buono, e mangia anche te, il mio proletario» fece Mauro.

Finirono anche il bis, e si rilassarono sulle sedie bevendo un sorso di vino.

«Era proprio buona,» commentai «valeva la pena di venire fin quassù.»

«Te l'avevo detto o no?» disse Graziano. «È che con tutto il tempo che passi lontano dal paese ti sei un po', come dire, fatto cittadino sofistico e non sai più riconoscere i sapori della tua terra. Ma aspetta il secondo, e mi saprai dire».

Graziano chiese alla ragazza che stava cambiando i piatti: «È già pronto il resto?».

«Arriva, arriva, non siete già pieni?» Sparì e riapparve reggendo una larga teglia d'alluminio.

«Cos'è?» chiesi.

«Coniglio in umido» rise Graziano.

«Non fate i furbi, non sarà gatto, eh? Quello non lo mangio neanche morto di fame.»

Mario mi rassicurò: «Non può essere gatto, vedi che ci sono braciole, a fette, mangia tranquillo, è buono».

«Ma si può sapere cos'è?»

«È coniglio, te l'ho detto, ma di una razza speciale,» rise Graziano «coniglio con quelle orecchie lunghe e strane». E mise le mani vicino alle orecchie agitandole, facendo l'imitazione di un palco di corna.

«È cervo?! Ma non è vietato?»

«Certo che è vietato. Ma delle volte succede che te sei lì che pulisci il tuo fucile, ti scappa una schioppettata... può succedere, no? e c'è un cervo che passa di lì per caso e ci rimane. Cosa fai, lo lasci lì, che se lo mangino le volpi o il lupo? Te, ne tagli una bella parte, un paio di cosce, to', un po' di braciole, e metti tutto in freezer che si frolli. Poi lo metti in salamoia nel vino rosso, olio d'oliva, aggiungi delle bacche di ginepro, chiodi di garofano, qualche grano di pepe, un po' di erbette ed eccolo qui! Mangia, mangia che è buono.»

Seguì il solito silenzio, col rumore di mascelle che si muovevano e di posate che sbattevano contro i piatti. Fette di pane toscano vennero intinte nel sugo e usate per spazzare e ripulire i piatti. Il fiasco era finito e ne chiamarono un secondo a gran voce. Poi, soddisfatti e satolli, si rilassarono contro le sedie. Graziano fece echeggiare un clamoroso e sonoro rutto.

«Salute e ghiande» commentò pacifico Rino.

«Ai tempi dei maiali eran sospiri» osservò tranquillo e filosofico Mario.

«State mò buoni, che questo rutto ha preso l'ascensore; se fosse uscito per di sotto, ve ne sareste accorti tutti.»

«Sempre elegante» fece Rino.

«Sei sempre un gran signore» disse Mauro. Graziano borbottò qualcosa di incomprensibile.

Dalla cucina sbucò una donna, non più giovane ma dai lineamenti e dal portamento si indovinava che era stata una bella ragazza. Era però un po' ingrassata e si vedeva che si era trascurata. Camminò lentamente fino alla tavola, si mise una mano sulla schiena, piegandosi un po' all'indietro e si rassettò, con l'altra mano, una ciocca di capelli che cominciavano a ingrigirsi.

«Allora, come è andata la cena? Soddisfatti del menù?» chiese.

Graziano si illuminò: «Finalmente ti fai vedere, Floriana, è tutta la sera che ti aspettavo. Vieni qua che ti abbraccio. Sei sempre bella come un tempo, anzi, sei ancora più bella».

«Te stammi lontano, farabulano, sei sempre il solito eh, non cambi mai.»

«Il solito sì, sono sempre innamorato di te. Vieni qua e godiamo un po', sarà ben meglio godere che stare a guardare, o no? Perché poi ti sei andata a sposare con quel buon da niente di Sabatino e mi hai mollato lì?»

«Perché lui me l'ha chiesto. Lui aveva intenzioni serie e te no, ecco perché.»

«Ma andare a sposare uno come Sabatino, via, è un bischeraccio, lo sanno tutti... dai vieni qui e dammi un bacio.»

Floriana rise: «Te stammi lontano con quelle mani, le hai come una volta, buon da niente che non sei altro». E la donna diede uno schiaffo sulle mani, che Graziano protendeva. «Come se non ti conoscessi... a parole sei sempre bravo, o no, sai parlare come un ciapo, un imbonitore da fiera.»

«Ma proprio con uno come Sabatino ti dovevi mettere?»

In quel momento entrò nella saletta un tizio molto alto, che camminava un po' curvo come spesso fanno le persone di una certa statura. I capelli biondicci erano radi per una calvizie evidente; gli occhi, di un azzurro slavato, erano un poco acquosi. Reggeva in mano con evidente imperizia un vassoio con cinque tazzine di caffè e una bottiglia di grappa.

«Mi mandano dal bar per i caffè,» disse «poi sono venuto a pigliare mia moglie per portarla a casa, se ha finito.»

Graziano lo salutò con un largo sorriso: «Ma

guarda chi c'è, Sabatino! Ti vedo con grande piacere. Si parlava proprio adesso di te. Si parla del diavolo e spuntano le corna! Senza offesa, naturalmente. Si diceva proprio questo, qui, coi ragazzi, che bella coppia che siete tu e Floriana, Floriana e Sabatino, Sabatino e Floriana, è bello solo dire i nomi, una coppia voluta dal destino, di più belle non ce n'è».

Floriana voltò gli occhi in alto e sospirò: «Sì, sì, a me, me lo fa di venerdì la bella coppia. Dai Sabatino, andiamo a casa che mi viene da rimettere».

I due, Sabatino e Floriana, se ne andarono. Prima di uscire Sabatino si voltò e disse: «Saluto la bella compagnia. Vi ricordo, se siete interessati, che sta per iniziare la gara di briscola. Primo premio un prosciutto. Per la cena potete pagare alla cassa del bar. Buona notte, e grazie».

Sorseggiarono il caffè e risciacquarono la tazzina con la grappa, tutti, meno Rino, che rifiutò con la mano tesa sopra la tazzina per accentuare il diniego: «Sai che di quella roba non ne bevo» disse. «Piuttosto, ci iscriviamo alla gara di briscola? Chi gioca con me?»

Mauro si alzò: «Vengo io, se ti accontenti di un compagno scarso» disse «andiamo a far vedere a 'sti montanari come si gioca». Mauro di solito era serioso, ma ogni tanto, con due bicchieri in corpo, si sentiva ringalluzzito e allegro.

Graziano rise: «Ha parlato quello di pianura. Ma qui stanno più in alto che noi».

Anche Rino si era alzato, dando un'evidente sbandata. Poi si ricompose: «Più in alto o no, le carte hanno la testa di cartone, merlo, andiamo a vedere chi ce n'ha di più».

I due andarono nell'altra sala, dove già la gente si era radunata attorno ai tavoli.

5

Mauro aveva iniziato a lavorare presto, dopo un po' di scuola. Ancora adolescente, era andato in un cantiere del Piano Fanfani, per aprire una strada verso una piccola frazione del Comune fino ad allora non raggiungibile con un'automobile, cinquecento lire al giorno (seicento agli ammogliati). Era lavoro di braccia, piccone, pala e carriola, non c'erano altri mezzi, né scavatrici né caterpillar.

Poi aveva seguito un fratello più anziano in Svizzera, come minatore di galleria, per fare una diga a duemilacinquecento metri d'altezza, in un Cantone tedesco. Là si lavorava di martello pneumatico e esplosivi, ma il cantiere, baracche dormitorio in legno, era lontano dal piccolo centro abitato dove si recavano, per teleferica, il giorno di libertà dal lavoro. Ma parlavano solo tedesco (o forse un dialettaccio tedesco, ma chi distingueva i due idiomi) e non c'erano quasi ragazze, e le poche che c'erano non erano amichevoli con gli italiani. Si beveva una birra e via. La razione di patate che si trovò a mangiare, come contorno alla fetta di carne, per i tre anni di quel lavoro, gli bastarono per tutta la vita, e non volle più saperne di quel tubero. Però, quando tornava a casa, le poche volte che aveva il congedo dal cantiere, era contento dei franchi svizzeri che aveva in tasca, con quella moneta che valeva molto di più della lira italiana, e tornava con cioccolate e sigarette, molto più profumate ed esotiche delle Nazionali italiane, perché allora fumava, come tutti gli altri, e come tutti gli altri poi aveva smesso. Ma allora brandiva il pacchetto in giro e offriva da fumare, e offriva da bere a tutti quelli che incontrava al bar, si sentiva un signore.

Quella sera si sedette al tavolo con Rino a iniziare la partita della gara di briscola.

Gli altri erano rimasti nella saletta, a sorseggiare con calma la grappa dentro le tazzine di caffè.

«Che bella mangiata,» disse Graziano «scommetto che, anche te che giri per il mondo, mangiate così non ne hai mai fatte.»

«Be', sì e no» risposi «delle volte ho mangiato meglio, il più delle volte peggio. Quello che c'è stato in più stasera è la compagnia.»

«Già, la compagnia. Chissà come vanno quelli della briscola, vai a vedere». Mario scosse la testa: «Ho paura che non vada bene per loro, Rino ormai non stava in piedi, si è fatto quasi da solo il secondo fiasco».

Graziano si alzò e andò a vedere. Rimase per qualche istante fermo sulla soglia: «Dici che non stava in piedi? Non sta neanche seduto, ormai ha il culo fuori dalla sedia. Per me il prosciutto lo vincono un'altra volta».

Tornò a mettersi a sedere e si versò un'altra tazzina di grappa. Si era fatto serio e pensoso. Me ne accorsi: «Cosa c'è, Graziano, qualcosa non va?».

«Ma no, va tutto bene.»

«Eppure hai cambiato umore.»

Buttò giù la grappa in un sorso: «Pensavo a Floriana».

«A che proposito?»

«Sapevi che ci sono stato assieme? Poi lei voleva sposarsi, e io tiravo indietro. Con lei ho sempre fatto un po' l'asino, come stasera. Ma le ho voluto bene, e un po' gliene voglio anche adesso. Quando l'ho vista andar via con quel poveretto di Sabatino, mi è venuto un po' di magone. Mi chiedo come sarebbe andata se l'avessi sposata. Ma forse non sono il tipo d'aver donne per casa, come dice Rino.»

«Che però è solo, senza nessuno che lo custodisca, che gli viva accanto, e beve.»

«Perché, tu vivi con qualcuna?»

«Cosa c'entra? Col mio mestiere, sempre in giro per il mondo, non avrei modo di farmi una famiglia.»

«Ne sei proprio sicuro? Non avrai paura dell'impegno, come me? È buffa la vita,» chiosò Graziano «giriamo sempre attorno a quel palo senza sapere mai cosa vogliamo davvero, forse siamo nati fatti male. Dai, beviamo un altro po' di grappa, per tirarci su.»

«No, grazie, ho già bevuto abbastanza.»

In quel momento rientrarono i due giocatori che stavano questionando. Mauro diceva: «Ti sei dimenticato di una briscola e dovevi contarle tu. Io i punti e tu le briscole. È saltato fuori quel quattro di bastoni, ci ha fregato la mano e abbiamo perso la bella».

Rino si era messo a sedere: «Mi sono dimenticato del quattro di briscola, merlo, e allora? È andata così, dai, te l'ho detto, le carte hanno la testa di cartone».

«Ma me l'hai detto tu di strozzare con l'asso di danari. Esci con una flinga di danari e quello alla mia sinistra mangia di cavallo, tu mi fai strozzare, strozza con l'asso, strozza con l'asso, che dopo ho il fante di briscola e sono tutte nostre e vinciamo la partita. Invece c'è ancora il quattro... prendono e vincono loro.»

«Ó insomma, è andata così e basta!»

Seguì un momento di silenzio. Poi Mauro guardò tutti e disse: «Ragazzi si è fatto tardi, mi sa che sia già ora di tornare a casa».

«Tornare a casa a quest'ora?» dissi. «Dai, è ancora presto, rimaniamo un altro po'. Vi ricordate come dicevamo? Andare a letto adesso è come neanche essere usciti di casa. Potete sempre rientrare in gioco se vi iscrivete ancora.»

Mauro scosse la testa: «Per me stasera ho già giocato abbastanza. È meglio se torniamo. Voi siete scapoli, ma io non voglio prendermi un cicchetto da mia moglie».

«È così cattiva l'Argia?» chiesi.

Mauro rise: «Cattiva? Diventa una iena quando pensa d'aver ragione. È che pensa sempre d'aver ragione, e che io abbia sempre torto. Dai, andiamo a pagare e andiamocene via».

«Se permettete,» dissi «vorrei offrire io, per festeggiare il mio ritorno, anche se breve, in paese e soprattutto per ringraziarvi per la bella serata.»

«Se pensi che ci offendiamo ti sbagli proprio» disse Graziano. «Anzi, se vuoi, possiamo tornare anche domani sera.»

Salimmo in macchina e partimmo. Il viaggio fu silenzioso, ognuno immerso nei propri pensieri.

A un certo punto Mario disse, a Mauro che guidava: «Attento alle bestie, se prendi contro a un cinghiale ci rimetti la macchina perché nessuno te la ripaga e ci rimettiamo anche noi. Poi quelli della Forestale te lo fanno ripagare, il cinghiale».

«Un cinghiale?! Attento a non prendere sotto un cervo. L'hai mai visto, sembrano cavalli, sarebbe come andare contro a un muro.»

«Attento che non ci sia il fratello di quel cervo che abbiamo mangiato, che voglia vendicarsi del parente scomparso» disse Graziano.

Tutti scoppiammo in una risata.

Arrivati in paese la buonanotte risuonò nella piazzetta vuota e si perse nell'aria già fresca e settembrina di fine agosto, l'autunno si stava annunciando. Una foglia, quasi un presagio, vorticò in aria e ricadde poco lontano.

Io rimasi da solo, davanti al bar ormai chiuso, con una ridda di pensieri che mi frullavano per la testa, come la foglia caduta poco prima...

6

Tutti e due, al ricordo, rimanemmo in silenzio, a inseguire i propri fantasmi, di gente che avevamo conosciuto, coi quali avevamo camminato assieme nella vita e che ci avevano lasciato.

Dopo un po': «È stata davvero una cena fantastica, difficilmente ne faremo delle altre uguali» disse Mario.

«Forse,» risposi «ma non è che sia stata una cena particolarmente eccezionale. È che la bellezza di quei tempi e di quella gente sta nel fatto che eravamo tutti giovani. Ricordiamo quel periodo, quando tutto ci appariva più bello, più avvincente, più divertente. Tutto, ogni cosa era diversa, era una novità, ci sembrava che fossimo i primi a farla.»

«Forse hai ragione. È che siamo diventati vecchi, e un po' lagnosi.»

«Ma quanti anni fa c'è stata quella cena, dieci, quindici?» dissi.

«Hai uno strano modo di contare gli anni. Non ero ancora sposato, quindi saranno più di vent'anni. Mio figlio più vecchio ha vent'anni giusti. Non è sposato ma vive con la sua ragazza, oggi fanno così, beati loro, senza tanti preti o assessori.»

«Vent'anni! Stai scherzando? È da tanto che manco?» Restai a rimuginare: «Accidenti, vent'anni! Siamo invecchiati davvero. Ma tu mi sembri ancora in gamba. Che cosa stai facendo?».

Mario indicò il bar alle nostre spalle: «Tu sai che non sono di qui. Mio padre aveva una piccola osteria, nel paese da cui vengo. Quando mi sono trasferito, per amore di mia moglie, ho venduto quell'osteria e ho comprato questo bar. Quel ragazzo che hai visto dietro al banco è l'altro mio figlio, il più giovane».

«Complimenti, è un bel bar, ma insegna a tuo figlio a fare il gin tonic...»

Rise: «A dire la verità, non saprei farlo nemmeno io».

«Ma dove sei nato, veramente?»

Rise di nuovo: «Be', sono nato un po' lontano da qui. Per dirtela tutta, non sono nato nemmeno in Italia, sono nato in Argentina».

«Questa non la sapevo. In Argentina, fin là! Ma come è successo?»

«È una storia lunga. Bisogna partire da mio nonno, quello che chiamavano Quintale, che è poi il soprannome con cui chiamano anche me.»

«Perché Quintale?»

Sogghignò: «Perché diceva che qui in basso» e indicò con entrambe le mani a coltello il basso ventre «ci aveva un quintale di roba, se capisci il riferimento».

«Ma questo cosa c'entra con l'Argentina?»

«Mio nonno, prima della guerra, si era dato da fare, aveva comperato delle macchine agricole. Aveva dei cavalli da tiro, per l'agricoltura, li affittava... via, ma guardava avanti, li vendette e comperò un trattore, che dava in opera ai contadini di allora, ce n'erano ancora tanti; poi coi soldi guadagnati aveva preso una trebbiatrice a vapore, per il grano. A quei tempi, come ti ho detto, c'era ancora molta agricoltura da queste parti, molti campi coltivati a grano, insomma guadagnava, si era sistemato bene. Ma durante la guerra è stato ammazzato dai tedeschi.»

«Era nella Resistenza?»

«No, pare sia stato uno scambio di persona. Cercavano uno con lo stesso nome e cognome, un omonimo, così ho saputo. Comunque è un fatto misterioso, non ancora chiarito. Allora tutto il suo lavoro finì, dovettero vendere ogni cosa; e nel dopoguerra mio padre, che era un ragazzo, si trovò nella miseria più nera. Così decise di emigrare, di andare in Argentina. A quei tempi, per nave, era un viaggio lungo, di mesi, e sulla nave mio padre conobbe una ragazza, si innamorarono, e arrivati là si sposarono. Si vede che il soprannome di nonno aveva funzionato anche per mio padre, e sono nato io.»

«Com'è che non siete rimasti in Argentina?»

«Non so bene. Non aveva fatto fortuna, probabilmente; poi mio padre e mia madre non andavano più d'accordo. Mio padre, di nascosto da lei, fece i documenti e un giorno ci imbarcammo e tornammo in Italia, di nascosto, lui ed io. Ma non ricordo niente di queste cose, ero ancora un bambino. Ma mia madre, dopo un paio d'anni ci raggiunse, tornò in Italia anche lei.»

«Hai avuto anche tu le tue vicende,» dissi «un po' come tutti noi, quelli di quel gruppo di quella cena; sembra fossimo segnati in qualche modo. Mi hai detto che, tolti noi due, gli altri non ci sono più. Questo mi fa sentire come un vuoto, una mancanza. Me li ricordo benissimo, Mauro, Rino, e soprattutto Graziano, che tipo buffo che era, così pieno di voglia di vivere.»

«Eh, se l'è portato via il cuore, te l'ho detto, ha fatto una morte invidiabile, se si può invidiare il modo di morire, l'hanno trovato morto nel suo letto, se ne è andato senza soffrire. O almeno spero.»

«Poveretto. Ma quante ne ha combinate.»

Mario sorrise: «Non sai l'ultima, quella delle cipolle».

«Quella delle cipolle? Com'è?»

«Un suo nipote aveva ereditato un piccolo pezzo di terra. Ci piantò delle cipolle, aveva detto, e Graziano gli fa: «Vuoi delle cipolle, te le do io, non stare tanto a cercare in giro, me ne sono arrivate per combinazione, e sono buone, eccezionali, poi te le faccio a un ottimo prezzo. Così il nipote compera queste cipolle e le pianta, dopo aver fatto tutto quello che doveva fare nel campetto, vangare la terra, piantare i bulbi, innaffiare, eccetera eccetera. Be', a primavera, quel campetto mostrò la più grande distesa di tulipani che il paese avesse mai visto, sopratutto rossi e gialli. Belli davvero, ma non erano cipolle. Nessuno ha mai saputo da dove venissero quei bulbi, e come Graziano li avesse con sé. Naturalmente al nipote è passata la voglia di coltivare cipolle, ma a ogni primavera si può ancora ammirare, in quel campetto, la distesa di tulipani».

«L'Olanda qui in paese,» commentai «grazie a un'iniziativa di Graziano. E Rino, me l'hai detto, tumore al fegato, o cirrosi, ma com'era messo?»

«Ah, era messo bene, lui. Era diventato un principe della sartoria, qui in giro. Poi, eh, poi il tempo è passato, o la gente non si faceva più fare vestiti su misura, i matrimoni erano sempre meno, le lavoranti se ne erano andate, lui, alla fine, si era ridotto a fare quello che aveva iniziato a fare, a sistemare un paio di pantaloni, a rivoltare una giacca: lavoretti. Poi era rimasto solo, la sorella era morta da tempo e lui non si era mai sposato. Ti ricordi quello che diceva? "Sposatevi voi, merli. Io non voglio donne attorno a casa." Ma forse si sentiva solo. Il vizio del bere ce l'aveva un po' da sempre, ma negli ultimi tempi si era accentuato. Andava ad aprire il negozio, poi subito dopo si recava al bar a farsi un bicchiere, e così parecchie, troppe volte al giorno, e arrivava a notte che era già tondo.»

«E Mauro, dimmi di Mauro.»

«Ai tempi della cena era da poco tornato dalla Svizzera. Ma anche quel lavoro finì e tornò a casa definitivamente. Provò a impiantare un'officina di meccanico, ma in paese c'era una grande concorrenza e poche automobili. Il nuovo lavoro non andò a buon fine. Nel frattempo si era sposato, se ricordi volle tornare a casa presto per sua moglie, l'Argia. Gli era nato anche un figlio, maschio. Si trovò un po' in un guaio e chiese aiuto al sindaco, che lo conosceva come persona del suo stesso partito. Un po' di scuola l'aveva fatta, credo l'Avviamento professionale, e fu insediato nelle funzioni di Segretario comunale, un posto di lavoro senza pala o piccone e senza martello pneumatico. Un lavoro senza tutte le mani sporche di grasso d'automobile, da cui nessuno l'avrebbe più scalzato. Era da poco andato in pensione, quando ci ha salutato. Cominciò a dire che non gli reggevano le gambe, che non riusciva a stare in piedi, andò all'ospedale, l'ho anche visto, sono andato a trovarlo. È durato due mesi.»

La sera di fine agosto stava decisamente rinfrescando, si sentiva in qualche modo che l'autunno spingeva per farsi avanti, come quella sera di tanti anni prima. E come quella sera era calato un po' di buio.

Mario mi chiese: «E tu, sei sempre un pennivendolo?».

«Non cominciare a offendere, sono sempre un giornalista, freelance.»

«Che vuol dire?»

«Che opero sviluppando la mia professionalità senza legarmi a nessuna azienda o testata in particolare.»

Mario rise: «Mi coglioni? Sembri una persona importante».

«Importante il giusto. L'unica cosa importante è che siamo ancora al mondo, io e te.»

Mario restò in silenzio un momento: «Un'altra persona ci sarebbe ancora, di quella cena, è ancora viva Floriana. Sabatino se ne è andato da un pezzo, le donne durano di più, ma lei è ancora al mondo. È venuta a vivere qui in paese, e ha aperto una trattoria, proprio qui».

«Floriana ancora viva? Una trattoria?! Allora, caro Mario, so dove andremo adesso io e te. L'aria si è fatta fresca, leviamoci di qui, tanto non c'è più nessuno, andiamo a vedere se ci fa la minestra nei fagioli con le cotiche.»

«Andiamo pure,» disse Mario alzandosi «ma difficilmente ci farà quella minestra, ma soprattutto non ci renderà indietro i nostri vent'anni.»

Ci alzammo e ci avviammo verso la trattoria. I ragazzini con le bici erano scomparsi da un pezzo, nessuno si era mostrato a passeggiare sul sagrato;

camminammo a passi lenti, rammentando una minestra di tanti anni prima, una semplice minestra nei fagioli.

Sì, ma con le cotiche.

L'ECLISSI

1

C'ero forse già stato, a Case Bentini, un gruppetto di cinque o sei edifici su un ampio pianoro sotto la cima del monte Calvo, il più alto della zona.

Rideranno quelli delle Alpi nel sentir parlare di "monte più alto della zona" coi suoi, appena, poco più di mille metri d'altezza, ma anche noi siamo montanari, montanari d'Appennino. Solo un po' più bassi. E abbiamo monti non di rocce nude, non di nevi eterne e ghiacciai, ma montagne ricoperte di vegetazione, castagni, poi faggi e abeti, fino alla cima; e quando, a volte, finisce la zona degli alberi, non c'è roccia nuda ma le ampie distese delle baggioléte, le piccole pendici verso la vetta dove, a fine agosto, fruttificano i mirtilli. Cime ricoperte di vegetazione, dicevo, anche se il nome del monte, Calvo, stava a significare che la cima era stata rasa, privata di alberi e piante, in un'epoca non tanto remota quando il Granduca di Toscana Leopoldo (Giovanni Francesco Giuseppe Ferdinando Carlo d'Asburgo-Lorena, detto familiarmente dai sudditi "Canapone", chi dice per il colore dei capelli e chi, forse i più, per la possanza dell'appendice nasale) faceva portare fin lassù a dorso di mulo il materiale ferroso estratto dalle cave dell'isola d'Elba e usava l'acqua, di cui c'era (e c'è) grande abbondanza, e la legna, tosando a zero i monti, per far andare le fornaci. Senza contare quel po' di legna che i montanari d'allora, molti più di quelli di oggi, usavano per scaldarsi d'inverno. Ma oggi non c'è più il biondo Leopoldo gran nasone, non più materiale ferroso dall'Elba, non più fornaci, dirute e ridotte a informi massi di pietre, spariti gli abitanti di un tempo e il monte Calvo si è rifatto una chioma verde e rigogliosa che, d'inverno, è la prima a imbiancarsi quando, fra gennaio e febbraio, iniziano le prime nevicate.

Era stato un amico, un compaesano, Franco, a dirmi, in un ozioso primo pomeriggio di fine luglio: «Vieni con me? Cosa stai a fare qua, a patire caldo? Si va a trovare uno che abita a Case Bentini. Non è che ci abiti sempre, ci va d'estate, o quando ne ha voglia, a tenere l'orto, a governare le poche bestie che c'ha, a fare dei lavori. È uno che di mestiere costruisce, fa l'impresario edile ma se occorre è bravo anche come muratore, e si è fatto una casetta moderna sulla vecchia casa dei suoi, dove abitava da piccolo.»

«Case Bentini? Ma dove sono?» chiesi. «Non le ho mai sentite nominare.»

«Sono sopra al paese qui vicino, ma molto più

sopra, più in alto, proprio sotto a monte Calvo. Io ci capitai quando facevo l'idraulico per il Comune. Lui abitava lì con i suoi genitori, da piccolo, credo ci sia anche nato, lassù, ma poi si sono trasferiti giù in città. Vieni che andiamo, dai, si fa una girata, si beve un bicchiere assieme e si fan due chiacchiere, si passa il pomeriggio al fresco. Ma possibile che tu non abbia mai visto quel posto? Non c'eri mai andato da ragazzo sul Calvo, a piedi?»

C'ero andato sì, mi venne in mente, la classica camminata estiva con gli amici villeggianti, un paio di panini, una borraccia d'acqua tagliata con un po' di vino rosso (disseta di più, diceva mia nonna), fin sulla cima, fino alla grande croce di legno che qualcuno aveva messo lì quasi ad indicare il punto dove veniva scattata la regolare fotografia per immortalare l'impresa raggiunta. Sì che c'ero andato. Si prendeva una mulattiera all'uscita del paese di sotto e si scarpinava fino in cima, ma da ragazzi, col fiato che le tante sigarette non avevano ancora rovinato. Non ricordavo però quel gruppo di case, forse avevo preso un'altra strada.

Comunque: «Andiamo pure,» dissi «ma in macchina, perché a piedi non sono più il ragazzo di un tempo».

2

Quella fu la prima volta che arrivai a Case Bentini, la macchina guidata dall'amico Franco. Con l'auto si arrivava fino al paese vicino, poi si abbandonava la statale per inforcare una comunale laterale e, dopo circa un chilometro, c'era una deviazione, sulla destra. La prendemmo e già cominciava a tirare in salita. Per i primi trecento metri il manto stradale era agevolmente percorribile, anche se ricoperto non d'asfalto ma in cemento. Ringraziai il cielo che non stesse piovendo o saremmo scivolati all'indietro fino a valle. Passammo un gruppetto di case, mentre altre auto sostavano parcheggiate in piazzole improbabili e le persone si sporgevano fuori a salutarci allegramente.

«Abitano qui tutto l'anno?» domandai.

«Ma no,» rispose l'amico «sono seconde case di gente che una volta qui ci viveva. Chi vuoi che ci abiti adesso, d'inverno? Vengono con la bella stagione, come in vacanza. Chi vuoi che ci viva, qua. E poi, vivere di cosa?»

La strada, intanto, si era rivelata per quello che

era, una strada di ruspa, sterrata, che feriva il fianco alla montagna, deturpandola e lasciandola nuda e butterata. L'acqua e il gelo dell'inverno precedente avevano provocato sul piano stradale buche e trincee. Si ballava di sasso in sasso e le curve a gomito a volte venivano affrontate in due tempi, col motore della vecchia Pandina, senza trazione integrale, che urlava disperato. Ogni tanto bisognava spostarsi tutti sulla destra per evitare una piccola frana discesa da monte, ma sotto c'era il precipizio, senza ovviamente guardrail di ogni sorta.

Un po' per la strada, un po' per la guida incerta dell'amico non apprezzai il panorama, teso com'ero, la mano destra stretta ad artigliare la maniglia della portiera, la sinistra appoggiata disperatamente al cruscotto, e restai silenzioso per tutto il viaggio.

«Perché non dici niente?» mi chiese Franco. «Non ti piace quello che vedi?»

«Non vedo niente. Sto pensando. Quando arriviamo, se arriviamo, mi chinerò a baciare la terra come fa il papa quando giunge in qualche landa straniera.»

Finalmente arrivammo. La strada era in condizioni migliori, evidentemente meglio manotenuta, più regolare, con meno buche o fossati e procedeva piana tra due boschi di castagno ben curati. Sul lato sinistro, in un ampio spiazzo, parcheggiammo, vicino a grandi macigni squadrati che sembravano una serie di cromlech, quei monumenti megalitici caratteristici dell'Europa celtica del Nord. Mi aspettai, per un momento, di vederli solcati da scritte runiche, dai fantastici e misteriosi disegni celtici a spirali intrecciate, ma si trattava semplicemente di grandi massi più o meno squadrati.

«Come va?» fece allegramente il mio amico.

«Lascia che mi riprenda e te lo dico. Ma era proprio necessario venire fin quassù?»

«Ó che montanaro sei? Facciamo qualche passo più in là e vedrai che meritava venire fin qui.»

«Ma questi macigni chi li ha messi e a cosa servono?»

«È tutta roba del nostro amico, Mengóne; si chiama Domenico ma lo chiaman Mengóne perché è grande e grosso. Tra poco capirai tutto. Andiamo un po' più in su.»

Raggiungemmo, dopo pochi passi, il culmine della strada che continuava, dopo aver superato un piccolo gruppo di case all'apparenza disabitate, verso destinazione ignota, giù in basso. Sulla sinistra c'era una casetta in via di costruzione recintata, fin dove il terreno precipitava vorticosamente in un profondo calanco, da una palizzata dentro alla quale belavano alcune caprette, o meglio, come mi disse poi Mengóne, una capretta tibetana evidentemente madre, e i caprettini figli. Il gruppo caprino se la belava spensieratamente. Lungo il piano della strada, al confine del bosco, dove il terreno era pianeggiante, una colonna di papere, una flottiglia starnazzante reduce da chissà quale stagno, procedeva con grande solenne dignità. Il panorama era splendido.

La vallata era divisa in due dal fiume, da lì invisibile, che scorreva molto più sotto; alla catena di monti di fronte a noi, con le costole dei verdi crinali secondari che precipitavano fino a non farsi più vedere, seguivano altre catene che sembravano proseguire all'infinito, chiostra dopo chiostra, finché il tutto, lontano, si perdeva nel calore intenso di una nebbiolina. Più in alto, l'azzurro pulitissimo del cielo era attraversato dalla striscia bianca di un jet di passaggio, diretto chissà dove.

Invece, quasi di fronte ma a notevole distanza e un po' più in basso, c'era un paese, che era stato un importante centro medioevale, con quello che restava di una torre di guardia. Il paese dove visse e morì Selvaggia Vergiolesi, l'innamorata di Guittoncino dei Sinibuldi (o Sighibuldi), conosciuto come Cino da Pistoia. Il giureconsulto e poeta aveva scritto anche un sonetto per la morte della bella Selvaggia (ma era bella davvero? Si tende sempre a immaginare, romanticamente, certe figure del passato come fossero personaggi di un film contemporaneo, che so, Selvaggia interpretata da Nicole Kidman o da Eleanor Tomlinson). È che siamo figli del tempo in cui viviamo, dei libri che abbiamo letto, degli eventi che abbiamo vissuto, non tanto dei nostri padri. Selvaggia era morta probabilmente durante la peste del Trecento, ma anche questa è una fine mitizzata se paragonata a una meno letteraria ma plausibile broncopolmonite, visti i riscaldamenti domestici che avevano a quel tempo. La sua tomba non è mai stata trovata. «Io fu' 'n su l'alto e sul beato monte...»: c'era stato anche Cino da quelle parti, probabilmente a dorso di mulo, per rivolgere l'ultimo saluto all'amata Selvaggia, date le usanze del tempo al massimo quindicenne.

Stavo pensando a quale corte di montagna potesse mai esserci stata (se c'era stata), quali armigeri, giullari, dame e trovatori con liuto, quando Franco mi riscosse dal sogno: «Ó, addormentato, che fai? Moviamoci,che Méngo ci aspetta».

Scendemmo per una ripida scarpatina che girava attorno alla casa, una bella casa solida, coperta non di tegole ma di piagne, come si usava un tempo. I muri erano di pietra, e capii l'uso di quei macigni squadrati che avevo visto sulla strada perché, incastonati nel muro, c'erano macigni dello stesso tipo. Méngo era arrampicato su una pianta a fare non so che cosa. Quando ci vide, scese e ci venne incontro:«Ó, siete arrivati, via; la strada non è bella, eh, cerco un po' di sistemarla qui vicino, ma gli altri dabbasso 'un fanno nulla. D'altra parte ci vèngano solo d'estate. Bah, sediamoci, che qui c'è fresco e ce lo godiamo. Ora chiamo mia moglie che ci porti da bere. Via, venite. Grazie per esser venuti a trovarmi. Letizia,» urlò «portaci qualcosa per favore! la bottiglia è al fresco nella vaschetta, noi si aspetta qui fuori».

Méngo era un gigante, non solo alto ma grosso, robusto, con due mani che, quando strinsero la mia, credevo mi avrebbero stritolato: «Un momento solo che mi do una sciacquata.» Si avvicinò a una specie di fontana e si dette una veloce lavata alle mani e al viso.

Arrivò la moglie, una bella donna ancora giovane, con un vassoio ricolmo di fettine di formaggio e di pane: «Ora vo a prendere la bottiglia,» disse sorridendo «ma tu l'apri te.» Parlavano tutti e due con accento toscano.

Méngo prese la bottiglia e me la porse: «Senti com'è fredda, altro che frigo. Il frigo ce l'ho, ma per freddare 'ste bottiglie è meglio la mi' vaschetta» e indicò, poco distante, la vecchia pila d'arenaria presso la quale si era rinfrescato e dentro cui si gettava, fuoriuscendo da un tubo di ferro, un forte getto d'acqua. Un foro nella vaschetta faceva zampillare l'acqua in una fossetta che si disperdeva lontano, al limite del bosco.

«È una sorgente?» chiesi.

Méngo rise: «No, è un pozzo, che dà l'acqua anche alla casa. Sono arrivati con la trivella e l'hanno trovata, la falda, a 110 metri sotto, ma è acqua bona, l'ho fatta analizzare; quando la bevo mi sento rinascere, mi dà vigore».

«E per trovare il punto esatto dove scavare come hai fatto?»

«Conosco uno giù in città che ha questa capacità. È arrivato con la sua bacchetta...»

«Un rabdomante! Ma funzionano? Ci prendono?»

«Se funzionano?! Guarda quanta acqua viene giù! Perché per trovare le falde sotterranee non c'è geologo che tenga. I rabdomanti hanno questa bacchetta fra le mani e girano, girano, finché la bacchetta non sembra vivere di vita propria e comincia a piegarsi, a ballare, e lui dice: scavate qui. Hanno questo dono, scavate qui, ha detto. E poi è arrivato quello della trivella, che ha perforato fino a centodieci metri. A un certo punto ha cominciato a pisciare fuori acqua che era un piacere vederla. Ci voleva poi una pompa e c'ho riempito anche la piscina».

«La piscina? Qui sui novecento metri? Ma come hai fatto a avere i permessi?»

Méngo sorrise e indicò sul pianoro sovrastante una costruzione rettangolare i cui muri erano edificati, in parte, coi soliti macigni.

«Eccola là, la piscina, regolare! Non è una tinozza, se volete farci un tuffo...»

«Grazie, adesso no. Ma davvero, come hai fatto ad ottenere i permessi? Conoscevi qualcuno?»

Rise ancora: «Eeeeh, non basta conoscere qualcuno. Non è una piscina: è un serbatoio d'acqua contro gli incendi. Se dovesse scoppiarne uno, Dio non voglia, vengono i pompieri o la forestale col loro elicottero, pescano qui l'acqua e la buttano sul foco» e fece l'occhietto.

Bevvi un sorso di vino, alzando il bicchiere: «Salute! Ma tu non bevi?».

Méngo scosse la testa: «No, non mi piace, sono astemio. Bevo un sorso di quell'acqua».

Intervenne Letizia, che era rimasta silenziosa: «Io un sorso di vino lo bevo, c'ho sete e a me piace. Non sono come te!».

«Nessuno è perfetto» commentai. «Ma quei macigni, che ho visto utilizzati per la casa e per la piscina, è roba che pesa un quintale, come li trovi, come li trasporti? Come li muovi?»

«Un quintale e più, delle volte. Li trovo in giro, per i boschi, a volte me li portano. È che, se non sai prenderli per il verso giusto, tu non li alzi, hai voglia!»

«Per il verso giusto, dici. Penso che anche se me l'insegnassero, qual è il verso giusto, non li muoverei d'un millimetro. In ogni modo,» commentai «bella piscina.»

«Perché non venite a farci il bagno? Facciamo così: l'11 di agosto che non è tanto distante, se ricordate c'è un eclissi di sole alla mattina, venite su, portate chi volete, si guarda l'eclissi, si mangia e poi si fa il bagno. D'accordo? Allora l'appuntamento è per l'11 agosto.»

3

Arrivai che c'erano già in tanti. Arrivai stravolto, ansante, con la schiena e i capelli madidi del sudore che mi grondava anche sulla faccia, affaticato, appoggiandomi pesantemente sul bastone che usavo per le mie, sempre più rade, camminate.

Scesi la rampetta che portava allo spiazzo vicino alla vaschetta e tuffai la testa nell'acqua. Avevo deciso di farmela a piedi, dopo l'esperienza automobilistica della volta precedente, ma non ero più lo stesso ragazzo che si era arrampicato su quella mulattiera tanti anni prima. Avevo sopravvalutato le mie forze, e a metà strada già avevo maledetto la mia scelta di affrontare quella salita camminando. Mi accasciai su una sedia: «Non state lì fermi a guardarmi e a sfottermi» sibilai. «Che qualcuno, pietosamente, mi porti da bere prima che muoia disidratato».

Méngo arrivò con un bicchiere di vino fresco: «Sei un montanaro da poco,» mi prese in giro «quand'ero un ragazzo andavo giù al paese, a scuola, tutti i giorni. Mi mettevo in tasca tre o quattro necci e partivo. Altro che le merendine che fanno vedere alla televisione! E quando andavo a dottrina, per la Prima comunione, mi toccava, una volta che ero arrivato giù in basso, salire dall'altra parte, perché le suore della dottrina stavano lassù: andavo e tornavo, e non me ne accorgevo nemmeno. E il postino che aveva la sede al paese di sotto, per portare la posta nell'altra frazione oltre il monte, d'inverno, quando gelava, aveva le orecchie sfrangiate dal freddo, aveva».

«Questo quand'eri ragazzo» risposi dopo essermi dissetato. «Oggi non ti sogni neanche di venire su a piedi, te la fai in macchina. Beato te e la nostra gioventù, compresa quella del postino, che ora viaggia in scooter o in auto. E le merendine della televisione saranno meno sane ma sono più buone dei necci. Comunque, chi c'è già?» chiesi.

Avevo visto Franco, l'amico con cui ero arrivato in auto la volta precedente, con Rico, un compaesano un po' più vecchio di noi, un tipo che conoscevo per una sua particolare vena d'umorismo sarcastico.

«È più comodo farla in macchina» mi disse.

«Sarà anche più comodo ma è molto meno tranquillo» risposi.

«Ci sono anch'io» si annunciò una voce allegra. Era Daria, una mia amica di città, commercialista di professione e astrologa per passione; non sposata, era arrivata assieme al figlio Lorenzo. Aveva molto insistito per farsi invitare. «Ma ci pensi? Mio figlio

Lorenzo potrà festeggiare il suo compleanno con un'eclissi! È un'occasione unica per le connessioni astrali!»

«Ma non è nato il 10 agosto, è nato il giorno prima, se non mi sbaglio» osservai sarcastico.

«Sì, certo, ma secondo i miei calcoli sarebbe dovuto nascere proprio per San Lorenzo. Avevo deciso che mio figlio si sarebbe chiamato con lo stesso nome del santo del giorno.» Daria tirò il fiato e sospirò: «Ma era San Rustico. Non puoi certo avere un figlio di nome Rustico». E scosse la testa sconsolata. «Così l'ho chiamato ugualmente Lorenzo. E poi qui è un posto bellissimo, c'è un mucchio di gente simpatica, e di animaletti. Chi l'ha tirata su, questa casa, Méngo? Cosa fa di mestiere, il muratore? Ma è bravissimo! Mi piacerebbe sapere di che segno è... e poi c'è quel tedesco, mi sembra che si chiami Nicolaus. Credo sia un antropologo o qualcosa di simile, beve e parla sempre...» si fermò ridacchiando. «Un po' come me, senza il bere, però... dev'essere dei Gemelli; non ho capito bene cosa stia studiando da queste parti, ha raccontato di sculture a bassorilievo sulle case, ma che sculture potrebbero mai essere? È qui assieme alla moglie, una bella donna, lei parla bene l'italiano, ma anche lui.»

Il tedesco si accorse che si stava parlando di lui e alzò il bicchiere di vino in segno di saluto: «Mi chiamo Nicolaus» si presentò. «Per gli amici solo Claus, come Santa... Santa Claus; voi dite Babbo Natale» e levò in alto il bicchiere in segno d'augurio. «Allora, buon Natale a tutti» e trincò.

«Beve in onore del Natale,» osservò Rico «quando arriva a Ferragosto, auguri!»

Il tedesco parlava un discreto italiano, anche se, più beveva, più la *vu* tendeva a trasformarsi in *effe*, la *bi* a diventare *pi*, la *di* a spingersi verso la *ti*, la *erre* a farsi più gutturale e ogni tanto gli sfuggiva un *ach so* di teutonica durezza.

Daria, che si era fermata un momento, continuò nel suo resoconto: «Sono proprio contenta di essere venuta, è un posto magnifico, veramente bello».

«Ma tu ci verresti a abitare, vivresti qua ogni giorno?»

Mi guardò sospettosa: «Che discorsi, io vivo in città, ho il mio lavoro giù, qui va bene per un giorno, come oggi».

«Pensa che, nelle case che vedi,» le indicai «alcune persone ci hanno trascorso tutta la vita; la gente si sposava, faceva figli, nasceva e moriva qui.»

Restò un momento soprappensiero: «Lo so, ma non sono più quei tempi». Si guardò in giro come stesse ricercando qualcosa che le sfuggiva, ma rapidamente riprese: «C'è ovviamente il padrone di casa, l'hai già visto, il tuo amico, ma è un omone, con la moglie, bella donna anche lei, e il figlio. Il figlio dice che vorrebbe scriverci un libro su suo padre, com'è difficile morire!, perché lui, Méngo o Mengóne, pare compia imprese pazzesche, al di là del suo lavoro. Lorenzo, sta' buono, fra poco andiamo a vedere l'eclissi. Sono toscani, a me piacciono i toscani! Ci sono anche un paio di amici loro... ma parlo troppo! A che ora è l'eclissi?».

Successe come quando d'estate, sotto un cielo stellato, improvvisamente qualcuno chiede: «Dov'è la stella polare?» e subito dieci mani si alzano a indicare dieci punti differenti del cielo. Si alzarono tutte le voci a indicare orari diversi, compresi fra le undici e le undici e trenta.

Arrivò Nathan, il figlio di Méngo, che sembrava la fotocopia più giovane del padre, reggendo in mano un mucchietto di pezzi di vetro affumicati per guardare il sole: «È meglio che ci si sposti sullo spiazzo della piscina» disse. «Fra poco c'è l'eclissi.»

Andammo tutti su ai bordi della piscina, ognuno col proprio pezzetto di vetro affumicato. Ma il fenomeno celeste tardava a manifestarsi.

Erano le undici e cinque, e il cielo era diventato in parte nuvoloso, semicoperto. Poi le chiacchiere tacquero, il sole cominciò ad abbrunarsi ma non diventò completamente nero, come tutti ci aspettavamo. Ci fu un «Ooooh» non so se di meraviglia o di delusione; non si abbassò la temperatura, né ci fu silenzio di animali. Era come se una normale nuvola avesse coperto il sole; poi, poco a poco, si rivide la palla rotonda del sole che, parzialmente coperto dalle nuvole, tornò a risplendere. Nessun gallo cantò, per festeggiare il ritorno del giorno dopo la falsa notte, che non c'era stata. Forse perché non c'era nessun gallo nei dintorni. Il tutto era durato poco più di un paio di minuti.

«Ora che abbiamo visto l'eclissi si va a sgranare» disse pratico Méngo.

I commenti erano, per lo più, di delusione; tutti si sarebbero aspettati qualcosa di più cosmico, dati i racconti su varie eclissi del passato che avevano sentito o letto.

Solo il tedesco gridò: «Viva l'eclissi! Viva il sole tornato!». Alzò verso l'astro il bicchiere e se lo vuotò. «Non eravamo alla latitudine giusta,» osservò Franco «o alla longitudine giusta. Mah? So ben io! Comunque eravamo in un posto sbagliato.»

4

Ci dirigemmo verso la casetta che avevo visto in costruzione la volta precedente quando ero venuto a Case Bentini. Era ormai terminata. Sempre tutta in sasso, si scendeva per alcuni metri e si apriva la porta di una grande sala. Dentro era apparecchiato, con sedie di vario tipo e fattura accostate a un lungo tavolo di castagno.

«È lungo quattro metri e mezzo per un metro e venti di larghezza, ed è appoggiato su sezioni di tronchi» osservò Méngo fieramente.

La lucentezza del legno e la bellezza del ripiano, dove spiccavano le venature tipiche del castagno non ancora annerite dal tannino, erano interrotte da tovagliette di canapa, sulle quali erano posati i piatti e le stoviglie.

«Che bel tavolo» commentò il tedesco, ma è tradizione vostra, *qvuesto*, e come hai fatto per averlo?» L'antropologo Nicolaus, dell'Università di Monaco, era in Italia in anno sabbatico per studiare: «*Qvuelle* che qui chiamate mummie, o Marcolfe, *qvuei* faccioni di pietra sporgenti dalle facciate di vostre case, forse sono di origine celtica. Studio anche le mammelle ben auguranti. Sono venuto qui a Case Bentini perché c'è un edificio, sì edificio? *ia*, edificio, con *qvuesti* rilievi che ho studiato da vicino, e mi chiedevo se anche *qvuesto* tavolo fa parte di vostre tradizioni».

«Tradizioni?» Nathan rise. «Le tradizioni di mio padre. Raccontaglielo un po' te, babbo, come hai fatto a procurarti questo tavolo.»

Méngo sorrise, e con le grandi mani indicò il lungo tavolo: «Eeeh, come ho fatto. Ero a fare un giro fra quei castagneti di là, in bolognese, belli, ma lasciati andare, non più curati, quando ho visto ai bordi della strada un enorme castagno per terra, le radici per aria. Sono andato a vederlo da vicino ed era sano, schietto: non era caduto per malattia o vecchiaia ma per uno smottamento del terreno. Così ho chiesto in giro di chi fosse quell'albero e ho voluto comprarlo. Il padrone è stato ben contento di vendermelo, ma c'era il problema di portarlo via. Così prima l'ho pulito, ho tagliato tutti i rami e le radici, e ho lasciato solo il tronco».

«Se la larghezza del tavolo è di un metro e venti e se la matematica non è un'opinione, quel castagno doveva essere una bestia di circa quattro metri di circonferenza» osservai.

«Dovevi vederlo per terra! Allora ho cercato uno con un camioncino con una gru che me lo portasse giù. Siamo riusciti a caricarlo ma, a metà strada, il camioncino non ce l'ha più fatta, è collassato, ha fuso. Cerca allora un altro camion, ma nessuno ne voleva sapere. Finalmente ho trovato un mezzo, ma mi occorreva pure una segheria con delle lame abbastanza larghe per tagliare il tronco, perché mi era venuto in mente di farci il piano di un tavolo. Una segheria così l'ho trovata solo in Toscana, in provincia di Firenze. Ecco la storia di questo tavolo.»

Nicolaus alzò il bicchiere: «Viva il tavolo e Méngo!» urlò. La moglie gli sussurrò qualcosa all'orecchio, rimbrottandolo.

Arrivò Letizia accompagnata da un'altra signora e da Nathan, che reggevano dei vassoi colmi di tartine al gorgonzola, fettine di pera e noci, crostini di fegatelli alla toscana, e fette di roseo prosciutto e di giallo melone: «Ecco l'antipasto» dissero.

Si alzò un amico di Méngo, che chiamavano Boschetto per la chioma selvaggia di ricci intrecciati sulla testa: «Questo prosciutto merita che se ne racconti la storia, come il tavolo di Méngo».

«Speriamo che a ogni portata non ci sia da sentire una storia» sussurrò piano Rico.

«L'ho commissionato a un contadino, che ha fatto mangiare al maiale solo ghiande, patate, granturco, fichi e altra roba così.»

«Caviale e pâté di fegato d'oca niente?» commentò Rico, ma Boschetto fece come non avesse sentito.

«Il prosciutto è stato stagionato due anni sotto la cenere, perché perdesse tutta l'umidità. Questo prosciutto è unico, così buono non l'avete mai assaggiato! E, mi raccomando, non scartate il grasso, che è la parte più bona. Un prosciutto così non si mangia tutti i giorni».

«Sotto la cenere?» dissi. «Questa non l'avevo mai sentita.»

«Sì, si setaccia la cenere per togliere eventuali impurità, poi si ricopre il prosciutto; è un sistema eccezionale, tipico della zona di San Miniato.»

«Ma qui non si beve?» si lamentò il tedesco.

«Ecco il vino, eccolo» ed entrò un tizio che reggeva un'ampia cesta piena di fiaschi e bottiglioni.

«Vi presento Modesto,» disse Méngo «l'ultimo abitante fisso di Case Bentini. La moglie l'avete già vista, è quella che aiutava Letizia a portare la roba. Nathan, taglia il pane!»

«Ma abita qui tutto l'anno, anche d'inverno? Ma come fa?» chiese Daria.

Méngo indicò le case attorno: «Qui una volta era pieno di gente, in ogni casa ci abitava una famiglia, e figlioli a piovere, perché, dicevano, dove mangiano in tre mangiano anche in quattro, anche se il più delle volte non mangiava nessuno, o quasi. Non c'erano case vuote, come ora. C'era anche un negozio, un appalto, poi a poco a poco se ne sono andati tutti, mio padre e me compresi. Cosa vuoi che si facesse, quassù? Per un uomo mantenere la famiglia era dura: un po' di bosco, qualche animale a giro attorno a casa e (verga!) castagne perché non c'era altro; la stagione in Maremma o in Sardegna a fare il carbone di legna, quand'era stagione. Un giorno, mi disse mio padre, lo ricordo come se fosse ora, ero nei boschi di sopra dietro a quattro o cinque pecore che avevamo. "Nini," mi disse mio babbo "sai cos'ho pensato? Che si va a stare in città. Mi hanno detto che cercano dei muratori, vedrai che staremo meglio. Pensa che potremo anche comprarci una macchina!" Così siamo andati. E poi uno dopo quell'altro hanno fatto tutti. Meno Modesto».

«Io, a dire la verità, non sono sempre stato qui, sono tornato. Ho fatto l'impiegato giù in città poi, arrivato alla pensione, ho pensato di venire a morire dove ero nato.»

«Ma che morire!» disse il tedesco. «Vivere bisogna, vivere. Un brindisi alla vita!» e alzò il bicchiere. La moglie gli sussurrò di nuovo qualcosa all'orecchio.

«Ma cosa vendevano al negozio?» domandai. «Eravate tutto sommato in pochi, poi tanti soldi da spendere di sicuro non li avevate.

«Vendevano pane, pasta, farina da necci, lardo, candele, petrolio per i lumi perché non c'era ancora la luce elettrica, spago, chiodi, vino, che quassù l'uva non matura, e tabacchi, trinciato e qualche toscano per quegli uomini, ma soprattutto vino. Non è che se la passassero bene neanche loro, quelli della bottega, perché spesso pagavamo col libretto, cioè facevamo segnare e poi, appena guadagnati un po' di soldi, andavamo a saldare. Ma delle volte potevano passare anche delle settimane.» Méngo rise.

Intanto gli antipasti erano stati spazzati via. Qualcuno aiutò a sgomberare, e poco dopo apparvero Letizia con la moglie di Modesto reggendo una colossale zuppiera fumante: «Maccheroni sul papero» annunciò, ma per la verità pronunciando «su i' ppapero».

Daria guardò sospettosa il piatto che le veniva riempito: «Maccheroni? Ma non sono maccheroni, i maccheroni sono tondi e bucati, e queste sono strisce di pasta. E il papero, volete dire l'anatra? Quei graziosi anatroccoli che ho visto quando sono arrivata?».

«Non loro» interloquì Rico sogghignando. «Se li ha visti quando è arrivata, vuol dire che sono ancora vivi, non avrebbero fatto in tempo a essere trasformati in questo buon sugo. Poi, in questo caso, per i toscani il papero in questione dovrebbe essere un'oca, ma qui, onestamente, non so dirle di che palmipede si tratti. Mangi serena signora, ché mamma anatra non piange.»

Daria assaggiò con titubanza una forchettata di maccheroni: «Sono buoni... ma... povere bestiole. Ti piacciono Lorenzo?». Il figlio fece di sì con la testa, a bocca piena.

Anche Letizia si era seduta a tavola: «Noi si chiaman maccheroni questi, lo so che da voi i maccheroni sono un'altra cosa».

«No, lo dicevo solo per curiosità. Sono molto buoni... Ma lei e Méngo vi siete conosciuti giù in città? Lei non era di qui.»

«No, sono di Viareggio. Quando ero più giovane andavo a ballare, anche se non sempre, una qualche volta, sa, i genitori d'allora, e una sera ho incontrato questo bel tomo, che mi chiese di ballare. Bello era bello, è bello anche ora, ma aveva un modo di fare, non so, un po' diverso dai ragazzi che frequentavo di solito. Mi piacque subito. Un giorno mi fa: "Domenica ti invito fuori a mangiare, nì bosco, si fa un picnicche". Mi venne a prendere con la Seicento, allora era già impresario edile, e tante macchine non giravano ancora. Ce n'era, sì, ma non di giovani. Guardo dentro, non c'era niente. Mi aspettavo una cesta, qualcosa per il mangiare. Penso, bah, staremo a vedere. Arriviamo nel bosco vicino a una fontana, e lui tira fuori dalla macchina un salame, una pagnotta di pane, e con un coltello taglia delle fette di salame e delle fette di pane. "Quest'acqua è bona" mi fa. Dico la verità, un po' ci rimasi male, perché a casa ero abituata a mangiare a tavola con cinque piatti...»

«Ah, noi,» l'interruppe Rico serio serio «se a tavola non c'erano cinque piatti, non ci mettevamo neanche a sedere.» Letizia non lo degnò di uno sguardo.

«Be', l'ho presa a ridere. Pane e salame, acqua della fontana? Lui è astemio ma io no. Comunque, ci siamo fidanzati, ed eccoci qua.»

«Viva Letizia e Méngo» gridò il tedesco. «Un brindisi a questa bella coppia.» Ma si udì distintamente anche un «Nicolaus, vacci piano col bere».

A quel punto Claus si fermò. Aveva finito i maccheroni, si versò ancora da bere e chiese: «Possibile fumare qui?».

«Possibile fumare qui fuori» rispose Méngo.

«Lì ci sono due o tre seggiole e anche un portacenere. Si fuma fuori, non dove si mangia. Ma sbrigatevi, perché sta arrivando il secondo.»

Claus si alzò, traballando, ma arrivò salvo fino alle sedie. Era venuta voglia di fumare anche a me, e lo seguii. Anche Rico uscì per lo stesso motivo.

Estrassi il pacchetto di sigarette, ma Claus fece cenno di no con la testa: «Niente sigarette» disse «prova *questo*». E tirò fuori dalla giacca un lungo astuccio di cartoncino dal quale estrasse due lunghi e sottili sigari: «Prova, è un sigaro svizzero, un Brissago, la fabbrica fu fondata nell'Ottocento da mazziniani italiani sfuggiti agli austriaci. Quindi, sigaro un poco italiano. Tu prova».

Rimisi in tasca il pacchetto e accettai un Brissago. Era un sigaro sottile di tabacco chiaro, dotato di un piccolo bocchino di plastica da cui fuoriusciva un minuscolo pezzetto di paglia.

Mentre lo stavo guardando, Claus mi chiese: «Hai fuoco?». Gli diedi il mio accendino.

Con gesto teatrale estrasse dal bocchino un lungo stelo di paglia, lo incendiò e con quella fiammella si accese il sigaro. Lo imitai, trovando che era un sistema piacevole, e tirai qualche boccata.

«Buono» dissi.

«Sì, buono» rispose. Poi rivolto a Rico che stava guardando curioso: «Vuoi sigaro anche tu?».

«No, dammi una sigaretta,» disse a me «quel sigaro, si vede, è leggero, io accetto solo mezzi toscani. Passami l'accendino che accendo la sigaretta da cristiano.»

Fumammo in silenzio, guardando le pigre spirali di fumo subito spezzate e disperse da una leggera brezza.

«Sei qui per studiare le mummie?» chiesi.

«Tu chiami loro mummie, non Margolfe? Perché?»

«Non te lo so dire. Le abbiamo sempre chiamate così, o con nessun altro nome; non c'è una ragione.»

«*Ach so*» borbottò Claus pensoso. «È antica tradizione, forse origine celtica. I Celti mettevano teste di nemici uccisi su pali, vicino a casa, forse la tradizione nasce da *qvuesto*. In zona, qui, molte mummie, come tu dici; forse dopo Etruschi, e prima di Romani, qui Celti, ma nessuno sa dire me perché in case ci sono *qvueste* facce, ora allegre ora mostruose e spaventanti. Forse per ragioni di tenere lontano nemici e spiriti malvagi? Studio anche simboli solari come "rosa celtica" e mammelle ben auguranti, ma fra mummie e loro non c'è... come voi dite? sì, attinenza. Io faccio domande a gente, ma tradizioni sono scomparse, nessuno sa più niente, in poche generazioni, perché mummie sono lì, su facciate di casa.»

«Ah, noi le teniamo lì per bellezza, come si tengono i fiori sul balcone, solo per motivi estetici» commentò ironico Rico.

«No, no, non questo il motivo, questo signore molto scherzoso.»

«Parli bene l'italiano. Dove l'hai imparato?»

«No, non parlo bene. Ho studiato lingua italiana a scuola, poi da mia moglie Costanza,» e indicò col sigaro la donna che sedeva al tavolo «è svizzera, sì, ma del Ticino, così lei parla italiano. Lei studiava filologia germanica a Monaco e là ci siamo incontrati.»

Passò Méngo reggendo un enorme cesto di verdure, con cipollotti, ravanelli, insalata, pomodori: «Fumatori!» disse «Avete finito di avvelenarvi? Sta per arrivare l'arrosto».

Ci alzammo e sentimmo Méngo che spiegava: «Quest'olio è il mio. Ho comperato seicento piante alle prime colline vicino alla città, giù. È un bel poderetto, e mi fo anche l'olio, per uso personale perché per la vendita non conviene. Dovresti venderlo a quindici-sedici euro la bottiglia, come minimo, e te lo trovi a quattro euro al supermercato. Certo che il mio è meglio!».

«E chi le cura?» domandai. «Seicento piante sono tante.»

«Io, chi vuoi che le curi? Le poto, raccolgo le olive,

le porto al frantoio e sto attento che non vengano mischiate a olive d'un altro.»

«Tutto da solo!»

«Da solo, sì. Be' no, c'è un ragazzo che mi dà una mano, un albanese. È bravo, sono bravi questi extracomunitari, hanno voglia di lavorare, basta saperli prendere. Via, poche chiacchere, sentite che olio. Vo a vedere a che punto è lo spiedo e il resto.»

Partì e tornò poco dopo con un grande tagliere di legno, sopra al quale trionfava una tonda porchetta. Si fece vedere anche Nathan, reggendo a due mani un lungo spiedo sul quale era infilzato qualcosa che sembrava un maialino da latte.

«Ecco qui, cinghialino allo spiedo e porchetta al forno, il forno l'ho fatto due estati fa, e saa, non so se c'è ancora gente, muratori dico, capaci di farlo come una volta. Funziona bene il mio forno, è un gioiello.»

Daria guardò lo spiedo perplessa, poi guardò il tagliere: «Una è una porchetta, va bene, l'ho già mangiata altre volte...».

«Se permette, signora,» l'interruppe Boschetto «devo dirle che una porchetta così non l'ha mai gustata. È stata preparata dallo stesso contadino del prosciutto che ha assaggiato dianzi. È un maiale speciale.»

Rico mi sussurrò piano: «Cos'è Boschetto, il maialaro della Real casa?».

Boschetto tirò fuori da sotto la sedia una valigetta di cuoio dalla quale fu estratta un'oblunga scatola di legno contenente un coltello e lo stilo per affilarlo. Passò e ripassò con gesti sapienti la lama sullo stilo dicendo allegro: «Ora affilo la cortella per tagliare la porcella» e cominciò ad affettare la porchetta.

«Viaggia coi suoi strumenti come un chirurgo,» chiosò Rico «ed è anche poeta, e che poeta!»

Daria però continuava a fissare sospettosa l'animale allo spiedo, mentre Nathan lo faceva scivolare su un grande piatto da portata: «Ma quello cos'è, un maialino, un porceddo, come fanno in Sardegna?».

Méngo fece di no con la testa: «No, non è un maialino, l'ho detto, è un suo cugino, un piccolo di cinghiale».

«Come hai fatto a catturarlo?» chiesi.

«L'ho preso a sua madre.»

«Alla madre?! Ma non è pericoloso? Le madri di solito difendono i piccoli e si incattiviscono, caricano» dissi.

Méngo scosse la testa: «Noo, ne hanno attorno sei o sette. Tu ne prendi uno al volo e scappi, devi metterti con le spalle al coperto, appoggiato a una prodetta del terreno o a un tronco di un grosso castagno, e devi avere scarpe grosse ai piedi, stivali, o anfibi, via. La cinghiala cerca di prendersi il piccolo, carica sì, ma tu la tieni a distanza con calci ni muso. Dopo un po' lei si stanca, tanto ne ha tutti gli altri di cinghialini, e va via. No, non è pericoloso».

«Ma il piccolo non si divincola, non si agita, non cerca di sfuggire?»

Méngo sogghignò: «Cerca, sì. Bisogna tenerlo stretto» e mostrò le nodose mani.

«La fatica più grande è stata la mia, a girare quello spiedo davanti al fuoco per ore» rise Nathan. «Ma racconta, a proposito del fatto che non è pericoloso, chi t'ha fatto quel segno sulla fronte e ti ha mezzo scassato il pollice.»

Méngo si guardò il dito, facendolo muovere: «Èeeh, è stato lo zio di questo cinghialino». Rise a gola piena: «Ero a girare nel bosco e me lo sono trovato davanti, un bel cinghialotto, non piccolo come questo, un po' più grande, bello grosso; mi ha caricato, ha rampato per aria e mi ha picchiato sulla fronte con una zanna. Per fortuna avevo con me il pennato, e giù a colpi col pennato. Mi ha anche preso la mano, e io – verga! –giù colpi. Ma se andate dentro casa, mi avranno anche dato quattro punti sulla fronte ma lui, la sua testa, è appesa come trofeo nella mia cucina».

Claus alzò il bicchiere: «Un brindisi ai cinghiali e al coraggioso Domenico e alla fatica di Nathan» e bevve.

Rico mi sussurrò piano: «Vuoi che si lasciasse scappare quest'occasione?».

Daria non si era servita, e guardava il piccolo cinghiale: «Poverino,» disse «sono così bellini da piccoli, tutti striati, dispiace vederlo così».

«Mamma,» l'interruppe Lorenzo a bocca piena «ma sono così buoni! Mangia, mangia anche tu.»

Naturalmente tutti mangiammo il cinghialino allo spiedo e la porchetta, anche se qualcosa rimase, e dopo arrivò Méngo con una tonda forma di pecorino sardo, ancora da aprire.

«Lo fanno dei pastori sardi che si sono trasferiti qui da noi in Toscana, nei posti abbandonati dai nostri pastori. È buffo,» osservò «noi si andava in Sardegna a fare il carbone di legna e ora sono i sardi a venire qui da noi.»

Spazzolato via il formaggio, Méngo portò, servendosi di una grande corteccia (forse castagno, perché da noi non ci sono querce da sughero) come di un curvo vassoio, fragole di bosco, mirtilli, lamponi e cubetti di cocomero prima tenuti in fresco nella fontana.

E ci furono «cantucci» di Prato col vin santo, che suscitò l'entusiasmo di Claus. Inzuppò il cantuccio, ingollò tutto il vino d'un fiato e prese a borbottare canticchiando misteriose canzoni in tedesco; e ci fu il caffè con una grappa speciale: «Ci vuole un'arancia non trattata, di quelle senza tante porcherie che buttano sulle piante contro gli insetti, via. Si prende questa arancia e ci si mettono, infilandoli nella buccia, novanta chicchi di caffè, e poi va in un vaso ricoperta dalla grappa e si lascia lì per quaranta giorni».

Avevamo mangiato e bevuto (Claus un po' di più)

oltre la sazietà. Eravamo storditi, oltre che dal caldo della giornata d'agosto, dal cibo e dal vino.

Nel frattempo erano arrivati amiche e amici di Nathan che andarono subito ad affollare la piscina. Ci venne quasi il desiderio di seguirli, ma ci limitammo a raggiungerli e a sederci su sedie a sdraio sistemate vicino. Avevamo pensato che, pieni come eravamo, non fosse il caso di provare a tuffarci e ci limitammo a guardare tutta quella bella gioventù, invidiandola un poco e sonnecchiando.

Al centro dello spiazzo della piscina si ergeva una specie di totem, un giovane albero d'abete però ormai rinsecchito, attorno al quale erano stati accumulate montagne di sterpi, qualche ginepro, rami ed erbacce.

«Cos'è quell'affare?» chiesi a Méngo.

«Niente. C'era un abete che si era seccato, allora, quando ho pulito il mio castagneto qui attorno, ho radunato tutto quel sudicio e l'ho messo lì. M'ha aiutato un ragazzo pakistano o indiano, non so bene, insomma di giù di là, un bravo ragazzo. Hanno voglia di lavorare. Se il comune ne arruolasse un certo numero per pulire i boschi, che ora sono un troiaio, mia gratis, ci si dà il giusto e abbiamo risolto il problema dei boschi e dell'occupazione degli extracomunitari. Ma aspettali, se c'è una buona idea non la mette in azione nessuno, e loro sono sempre a giro e i boschi sono ogni anno più sporchi.»

«Cosa te ne fai di quella montagna di pattume?»

«Vedrai. Stasera appena a buio ci si dà foco.»
«Un falò?! Con questo secco!»
«Ci staremo attenti.»

5

Venne finalmente buio. Le voci dei ragazzi in piscina erano diventate un chiacchericcio indistinto. Méngo si offrì di friggere delle patate novelle, se qualcuno di noi avesse avuto ancora fame, ma rifiutammo tutti.

Allora Méngo confabulò col figlio, che si allontanò e tornò con due borse di plastica, quelle usate nei supermercati per portare la spesa, rigonfie di qualcosa. Méngo appoggiò una scala al tronco e salì per appendere le due borse all'albero. Noi eravamo tutti lì attorno, come alla mattina per vedere l'eclissi. Méngo si allontanò e apparve poco dopo con una doppietta: «Togli la scala e accendi sotto» comandò al figlio.

Gli sterpi e le altre ramaglie seccate al caldo e al sole dell'estate si accesero subito e le fiamme cominciarono a divampare.

«Attenti ora, state lontani!» gridò Méngo, e sparò due fucilate nelle borse, che erano piene di benzina.

Il rumore dei colpi di fucile si sparse a eco lungo i crinali e si mescolò al ruggito dell'esplosione della benzina, che calò come un ruscello di fuoco, una lava ardente che ricoprì di fiamme tutto l'albero che, in poco, divampò in un colossale rogo. Le fiamme si innalzarono alte nel cielo, liberando nugoli di scintille che incendiarono l'aria e la notte attorno. Ci furono grida di stupore più acute di quelle dell'eclissi.

«È stato uno spettacolo bellissimo» dissi «ma speriamo che non prenda fuoco niente, col secco che c'è tutt'attorno.»

«No, stai tranquillo. Ho avvertito i pompieri che facevo il falò. Sono all'erta.»

A poco a poco le fiamme scemarono d'intensità; rimase un cerchio ancora incandescente di braci e il tronco non completamente bruciato dell'abete, che dopo un po' ripiegò su sé stesso e precipitò al suolo provocando un'altra ondata di scintille.

La giornata poteva considerarsi terminata. Sentimmo questionare Claus, che con la cocciutaggine degli ubriachi voleva tornare guidando la sua auto, e la moglie che provava a convincerlo a farsi accompagnare da Nathan. Poi il tedesco, anche se riluttante, accettò l'autista.

Eravamo rimasti io e Rico a guardare il fuoco che lentamente si spegneva.

«Che intenzioni hai?» mi chiese Rico. «Torni a piedi o vieni in macchina con noi?»

«Dico la verità, stamane son venuto su a piedi perché avevo un certo timore a rifare quella strada che ho fatto in auto un mese fa con Franco. Ma quel po' di vino che ho bevuto mi ha riempito di coraggio, e rifare la mulattiera al buio, anche se in discesa...»

Il cielo si era riempito di stelle ma il buio ci circondava, solo qualche brace baluginava ancora. Ci accendemmo una sigaretta e restammo in silenzio a guardare quei tizzoni che davano, forse, gli ultimi sussulti di fuoco.

«Aveva preso una bella sbronza quel tedesco» dissi.

«Una bella sbronza sì, ma se nel vino non c'eran solfiti domattina si sveglia vispo come un fringuello, senza neanche mal di testa. Torna a fare la sua vita di ricerche, comoda, con una bella moglie, con un lavoro sicuro che gli dà soddisfazione. Non è più come una volta, i tempi sono cambiati, è cambiato tutto; delle mangiate così, come quella di oggi, quasi non se ne faceva, se non in qualche rara occasione, a un matrimonio, per esempio, e allora si riempivano il più possibile per scordare la fame e le castagne di tutti i giorni. E si riempivano anche di vino, ai matrimoni c'era sempre qualcuno, più d'uno, 'briaco come il tedesco, e in ogni paese c'erano tre o quattro 'briachi cronici. Oggi non beve più nessuno in quel modo, ma il vino allora era una specie di pasto, o meglio, una sorta di consolazione per la vita grama che la gente faceva, in case ovviamente senza riscaldamento, solo il camino, senza luce e spesso con poco da mettere sotto i denti. Hai sentito, prima, la botteguccia che c'era qui a Case Bentini? Vendeva soprattutto vino. Il tedesco ha preso una bella balla, sì, ma in confronto a quella...» rimase un momento soprappensiero, ridacchiando. «Hai mai sentito raccontare di quella balla che presero quattro compaesani, aaaah, ma è stato anni fa...»

«Sì, ne ho sentito parlare, ma non so bene la storia.»

«Se vuoi te la racconto. Ma è una storia vera, o così dicono. È stato, dicevo, tanti anni fa, alla fine degli anni Trenta. C'era questo gruppo di coetanei, allora eran ragazzi (ora sono tutti morti anche se un paio li ho conosciuti), che decisero di andare a fare una mangiata speciale, nel paese proprio qui sotto. Erano d'accordo per fare una gran mangiata e una gran bevuta. Era poco prima di Natale e quella sera, anzi notte, perché era una cena, aveva iniziato a nevicare... Avevano cominciato a bere alla partenza e già un po' imbenzinati partirono, a piedi, perché allora si andava così, ma erano giovani e si avviarono sotto la neve, che prima era di fiocchi minuti e leggeri, poi diventò di fiocchi larghi e bagnati, pesanti, e durò tutta la notte a nevicare, e loro durarono tutta la notte a bere, e intanto nevicava, nevicava...»

Indice

Dello stesso autore

Brossura con sovraccoperta

pp. 288 - euro 12,00

Francesco Guccini

Tralummescuro

Radici è il titolo di uno dei primi album di Francesco Guccini, e radici è la parola che forse più di tutte rappresenta il cuore della sua ispirazione artistica. Radici sono quelle che lo legano a Pàvana – piccolo paese tra Emilia e Toscana dove sorge il mulino di famiglia, vera Macondo appenninica ormai viva nel cuore dei lettori – e radici sono quelle che sa rintracciare dentro le parole, giocando con le etimologie fra l'italiano e il dialetto, come da sempre ama fare. Oggi Pàvana è ormai quasi disabitata, i tetti delle case non fumano più. È in questo silenzio che il narratore evoca per noi i suoni di un tempo lontano, in cui la montagna era luogo laborioso e vivo, terra dura ma accogliente per chi la sapeva rispettare. Rinascono così personaggi, mestieri, suoni, speranze: gli artigiani all'opera in paese o lungo il fiume, i primi sguardi scambiati con le ragazze in vacanza, i giochi, gli animali e i frutti della terra, un orizzonte piccolo ma proprio per questo aperto all'infinito della fantasia. Tra elegia e ballata, queste pagine sono percorse da una continua ricerca delle parole giuste per nominare ricordi, cose e persone del tempo perduto; la malinconia è sempre temperata dalla capacità di sorridere delle umane cose e dalla precisione con cui vengono rievocati gesti, atmosfere, vite non illustri eppure piene di significato. Francesco Guccini non canta più, ma la sua voce si leva di nuovo per noi, alta, forte, piena di poesia, per consegnarci un'opera che è testamento e testimone da raccogliere, in attesa di una nuova aurora del giorno.

Brossura con sovraccoperta

pp. 324 - euro 12,00

Francesco Guccini

Non so che viso avesse

«Che aspetto avrà avuto un mio probabile (o improbabile) antenato, quel Guccino da Montagu' che, secondo un documento del Cinquecento, è chiamato come testimone in un processo riguardante dei possedimenti fondiari? "Non so che viso avesse...", è il caso di dirlo»: come sempre, per raccontare di sé Francesco Guccini parte dalle radici.
La famiglia di mugnai che per secoli fatica e lotta in una valle tra gli Appennini, il padre che per primo fa un mestiere diverso, e poi lui, il giovane Francesco, che presto impara a giocare con le parole – come cronista alla «Gazzetta dell'Emilia», come insegnante di lingua italiana, poi come autore di testi in versi e in prosa – e con la musica. E poi le osterie, le grandi amicizie, i viaggi tra la via Emilia e il West, la passione civile e quella amorosa, la chitarra, la scrittura, i compagni di strada ormai partiti «per più verdi pascoli»: in questo libro corre veloce il racconto di una vita che ha accompagnato le nostre con il timbro della sua voce inconfondibile.
E se – come suggerisce Guccini stesso in apertura – scrivere una autobiografia è forse impossibile, queste pagine ci consegnano comunque il senso di una vita intera animata dalla fiducia nel "canto" (nelle sue molteplici accezioni) come strumento di conoscenza e di resistenza.

Rilegato con sovraccoperta

pp. 384 - euro 18,00

Francesco Guccini
Loriano Macchiavelli

Un disco dei platters

La Seconda guerra mondiale volge al termine e in Italia i tedeschi sono in ritirata per l'avanzare degli Alleati. In un paese dell'Appennino Tosco-emiliano, durante una notte gelida e nevosa, una Schwimmwagen percorre a fari spenti una stradina nel bosco. A bordo un ufficiale nazista e un milite repubblichino devono portare a termine una missione di vitale importanza: mettere al sicuro quattro cassette di documenti che per nessun motivo devono cadere in mano al nemico.
Purtroppo per loro qualcosa va storto: da lontano riecheggiano raffiche di mitra e lo scoppio di due bombe a mano e dei due non vi è più traccia fino a quando, il mattino successivo, una donna in cerca di legna trova un cadavere in riva al fosso della Guelfa, un torrente che la credenza popolare vuole abitato da uno spirito maligno, la Borda. In effetti, il corpo rinvenuto è privo di occhi, naso e labbra, come fossero stati strappati con violenza da una belva.
Siamo agli inizi degli anni Sessanta e il maresciallo campano Benedetto Santovito fa ritorno al paesino appenninico, dove da tempo avvengono morti misteriose. Santovito non vorrebbe farsi coinvolgere dalle indagini, ma quando si imbatte in una professoressa molto carina e in un vecchio amico che risveglia in lui certi ricordi, e il Romitto del Castagno scompare misteriosamente, il maresciallo decide di mettersi di nuovo in gioco.

FRANCESCO
GUCCINI
LORIANO
MACCHIAVELLI
TEMPO DA ELFI
ROMANZO DI BOSCHI, LUPI E ALTRI MISTERI
LE CHIOCCIOLE

Francesco Guccini
Loriano Macchiavelli

Tempo da elfi

Tutto pare immutabile a Casedisopra: la tabaccheria della Nerina, le due caserme dei Carabinieri e della Forestale e la trattoria-bar di Benito. Eppure ultimamente qualcosa sta cambiando. In paese compaiono ragazzi e ragazze dagli abiti colorati, calzano sandali di cuoio e vendono i prodotti del bosco e della pastorizia: sono gli elfi, che vivono in piccole comunità isolate sulla montagna. Saranno loro a prendersi cura del territorio appenninico, mentre sul corpo della Forestale incombe il destino di venire assorbito nell'Arma dei Carabinieri? Marco Gherardini, detto Poiana, ispettore della Forestale, non fa in tempo a immalinconirsi con questi pensieri che ecco, nell'aria risuonano due spari proprio quando nemmeno i cacciatori avrebbero licenza di esploderli. E di lì a poco, ai piedi di un dirupo viene trovato un cadavere: proprio un giovane elfo, si direbbe... Inizia per Poiana l'indagine più difficile della sua carriera. Si troverà a sospettare degli amici più cari e dovrà ammettere che l'intuito femminile può essere imbattibile, perché per trovare la direzione giusta dovrà essere pronto a perdersi nel bosco…

Cartonato con sovraccoperta

pp. 192 - euro 15,00

Francesco Guccini
Loriano Macchiavelli

Che cosa sa Minosse

La frenesia della città sembra all'improvviso lontanissima, i tornanti si snodano in mezzo a una fitta vegetazione, il segnale telefonico si interrompe: e poi, dietro una curva, ecco una radura dominata da una quercia maestosa e da un'antica casa in pietra. A Maurizio e a Marta sembra che quella casa sia lì ad aspettarli da sempre. A dire il vero Maurizio, da buon scrittore di romanzi, qualche sospetto per le case isolate nel bosco lo nutre, ma l'entusiasmo della moglie vince ogni resistenza. E così i due approdano tra gli Appennini, poco desiderosi di stringere amicizia con i ruvidi abitanti del paese vicino e determinati a godersi il loro incantevole *buen retiro*. Però non sono soli: dalle profondità della cantina – che i locali chiamano "l'inferno" – emerge un grosso gatto che si considera il vero padrone di casa e che, in virtù del suo pelo nerissimo, accetta l'epiteto di Minosse con felina condiscendenza. Ma non è tutto. Una notte dopo l'altra, a far loro compagnia si susseguono strani accadimenti: ombre fruscianti in giardino, luci che si accendono nel buio, Minosse che gonfia il pelo come se qualcosa lo avesse terrorizzato…

Stampato presso Elcograf S.p.A.
Stabilimento di Cles